SOUPERS DE FILLES

De la même auteure

Une nuit, je dormirai seule dans la forêt, Libre Expression, 2015.

Ces mains sont faites pour aimer, Libre Expression, 2014.

Où vont les guêpes quand il fait froid ?, Libre Expression, 2013.

PASCALE WILHELMY

SOUPERS DE FILLES

Libre Expression
Une société de Québecor Média

Catalogage avant publication de Bibliothèque et Archives nationales du Québec et Bibliothèque et Archives Canada

Wilhelmy, Pascale, auteure
Soupers de filles / Pascale Wilhelmy.
ISBN 978-2-7648-1286-0
I. Titre.

PS8645.I434S68 2018 C843'.6 C2018-940448-5
PS9645.I434S68 2018

Édition : Marie-Eve Gélinas
Révision et correction : Marie Pigeon Labrecque et Sophie Sainte-Marie
Couverture et mise en pages : Clémence Beaudoin
Photo de l'auteure : Julien Faugère

Cet ouvrage est une œuvre de fiction ; toute ressemblance avec des personnes ou des faits réels n'est que pure coïncidence.

Remerciements
Nous remercions le Conseil des Arts du Canada et la Société de développement des entreprises culturelles du Québec (SODEC) du soutien accordé à notre programme de publication.
Gouvernement du Québec – Programme de crédit d'impôt pour l'édition de livres – gestion SODEC.

Financé par le gouvernement du Canada | Canada

Les Éditions Libre Expression
Groupe Librex inc.
Une société de Québecor
1055, boul. René-Lévesque Est
Bureau 300
Montréal (Québec) H2L 4S5
Tél. : 514 849-5259
Téléc. : 514 849-1388
www.edlibreexpression.com

Dépôt légal – Bibliothèque et Archives nationales du Québec et Bibliothèque et Archives Canada, 2018

ISBN : 978-2-7648-1286-0

Distribution au Canada
Messageries ADP inc.
2315, rue de la Province
Longueuil (Québec) J4G 1G4
Tél. : 450 640-1234
Sans frais : 1 800 771-3022
www.messageries-adp.com

Diffusion hors Canada
Interforum
Immeuble Paryseine
3, allée de la Seine
F-94854 Ivry-sur-Seine Cedex
Tél. : 33 (0)1 49 59 10 10
www.interforum.fr

Aux Gonzelles,
les vraies.

Geneviève,
Mathilde,
Naggy,
Sabrina,
Suzanne.

Les Gonzelles

Tempête de neige, fatigue, peine d'amour, feu sauvage qui nous afflige et que toutes font l'effort de ne pas remarquer, rien ou presque ne fait obstacle à ces rendez-vous essentiels. À nos soupers de filles.

Ils sont uniques, ces soupers. Précieux. Ils partent dans des directions imprévues. Ils nous mènent au cœur de conversations profondes, légères, intimes, « confrontantes », tendres. On rit souvent. On pleure parfois. Entre les deux, on parle, on mange, on s'interrompt, on boit. On écoute, on s'obstine, on rêve.

C'est là qu'on célèbre les bonnes nouvelles, les accomplissements. La fin des rénovations pour l'une, un changement radical de carrière pour l'autre, un nouvel amour, qu'on espère le grand. On console également.

Elles ne comptent pas les mois, ces rencontres. Ne suivent pas de calendrier rigide. Au fil des saisons, elles nous donnent le sentiment d'être au cœur d'une communauté. Exclusive. Qui se tient. Aussi petite soit-elle.

Nos soupers ont leurs règles. Ne s'y invite pas qui veut. Dans de rares cas, le groupe élargira son cercle pour accueillir une nouvelle venue. Lorsque la chimie est bonne, un seul ingrédient ajouté peut tout faire exploser. On protège notre cellule. L'équilibre parfait entre nous.

Il y a l'ultime interdit : les hommes. Ils n'y sont pas admis. Sous aucun prétexte. Ni le meilleur ami, ni le nouvel amoureux qu'on rêve de présenter. Sinon, ce n'est plus un souper de filles. Celui où l'on ne veut pas d'un témoin, même s'il jure qu'il restera silencieux.

En général, le groupe s'attribue un nom. Pas toujours glorieux. Avec autodérision, certes, on s'affuble de titres comme les sacoches, les grenouilles, les pépettes… On devrait viser plus haut, plus fort. Certaines s'élèvent au passage. J'ai croisé des Glorieuses et des Superbes.

Moi qui déteste les groupes, les étiquettes, je suis digne membre des Gonzelles. Oui, les Gonzelles. Curieux mélange de « gonzesses » et de « gazelles ». Nous sommes six. Lorsque j'ai écrit aux filles pour me souvenir d'où venait ce nom, laquelle d'entre nous avait eu le génie de le lancer, nous avons été frappées d'une amnésie collective. Personne ne se rappelait ce baptême.

Il y a de nous dans ce livre. Des moments, des vérités. Des histoires inventées. J'ai combiné ce qui s'est vraiment produit, ce qui a failli se produire, ce que j'ai imaginé aussi. Afin d'éviter qu'on se reconnaisse trop, j'ai réduit notre nombre. De six, nous sommes passées à cinq dans ces pages. Les unes, les autres, j'ai emmêlé nos défauts, nos qualités. Du moins, j'ai essayé. Très fort.

Tout de suite, je jure qu'aucune de nous n'a eu la gonorrhée ou ne s'est fait refaire les seins. Ce n'est pas honteux. Mais c'est de la pure fabrication. J'insiste, parce que j'y tiens, à nos soupers. Encore plus à celles qui en font des moments d'humour et d'amour dont je n'ai pas envie d'être exclue après qu'elles auront lu ce qui suit…

Ce soir, on joue !

Marie-Antoinette, E.T., Lady Gaga, Martin Luther King et l'Avare, celui de Molière, se retrouvent autour de la table. Il n'est pourtant pas question de Révolution française, de cinéma ou de politique. Nos *post-it* bien collés sur le front, nous tentons de deviner du nom de quel personnage célèbre nous sommes affublées.

Déjà, sur le sexe d'E.T., il y a divergence d'opinions. Sans pouvoir faire directement référence au film, Lili donne trop de renseignements.

— On les a jamais entendus parler de lui comme si c'était un garçon. Même pas le médecin à la fin.

— C'était un médecin ou un spécialiste ?

— Bon, ça va, les indices ! dois-je leur rappeler.

Lorsque je leur ai proposé le jeu, elles ont, toutes les quatre, réagi comme mes enfants. En soupirant.

— Mais pourquoi un jeu ? On discute, là. Tu cherches quoi ?

La question était légitime. Qu'est-ce que je souhaitais au fait ? Oui, depuis que je suis toute petite, j'aime jouer. M'amuser. Je cultive ce côté ludique qui m'amène à animer les soirées sans qu'on me le demande. Sans qu'on en ait envie tout à fait. J'impose les activités. Par réflexe, pour me protéger. Pour fuir le silence ou les conversations passionnées. Qui deviennent trop intenses. Je ne sais pas argumenter. Je perds tous mes moyens dans les conflits. Dès que souffle la moindre divergence, je lance : « Alors, on joue ? »

J'ai mis du temps à comprendre cette fuite dans le jeu. Une dérobade devenue un réflexe. Cette part de moi qui refuse d'aller trop loin, qui se referme. Pour conjurer la discorde. Pour qu'à tout prix, même au risque de taire l'essentiel, on s'amuse autour de la table. Regardez, en ce moment, c'est fou comme on s'amuse...

Alex, qui porte sur son front Lady Gaga, demande si son personnage est mort ou vivant. Lili lui donne deux réponses pour le prix d'une.

— Elle est vivante !

— Bravo pour l'indice ! On ne lui avait pas encore dit que c'était une femme.

— Mais elle est vivante...

— Lili, tais-toi. Le jeu, souviens-toi, c'est de deviner notre personnage. *Deviner.*

Kim, la plus compétitive du groupe, est la première à trouver : elle est l'Avare. J'ignore comment elle s'y est prise pour résoudre si vite. Ça frôle la tricherie, le miroir croisé au hasard. Elle a posé coup sur coup les bonnes questions. Quatre tours de table et elle l'emporte. L'Avare de Molière, quand même. Plutôt que de se réjouir de sa victoire, elle s'offusque.

— C'est un message ? Vous me trouvez radine ?

Ce serait injuste de dire qu'elle est chiche. La vérité, c'est qu'elle est très économe. Elle esquive les dépenses inutiles. Malgré un salaire qu'on lui envie, elle se couvre de vêtements usagés, dénichés dans les boutiques de seconde main. Qui trahissent parfois leur usure. Elle pousse même la note et porte des chaussures ayant appartenu à des pieds inconnus. Personnellement, ça me répugne.

« Tu te rends compte que d'autres pieds les ont fréquentés ? lui avais-je signalé une fois.

— Je les ai nettoyés. Ces souliers sont impeccables. »

Notre amie était insultée. Moi, légèrement dégoûtée.

« Faire son budget et refuser de s'acheter des chaussures à cinq cents dollars, c'est de la conscience. De la lucidité. Je ne suis pas radine ! »

J'ai évité d'aller plus loin. Comme je déteste les conflits, j'ai passé sous silence cette fois où, dans un magasin de livres d'occasion, je suis tombée sur mon premier roman. Celui que je lui avais dédicacé. Elle ne l'avait pas oublié sur les rayons de sa bibliothèque et s'était empressée d'aller le vendre. Sans même déchirer la page où je la remerciais de me lire.

Elle n'est pas chiche, Kim. Plutôt très généreuse, elle partage avec hâte les lectures qu'elle aime...

Deux tours plus tard, nos *post-it* toujours bien collés au front, Lili vient de deviner qu'elle est Marie-Antoinette. Affligée d'être une reine déchue, même pour un jeu.

— C'est sinistre. Une reine qui a été pendue durant la Révolution !

— Pendue ? De quoi tu parles ?

Kim renchérit.

— Tu ne connais pas la fin de Marie-Antoinette ?

— Elle a été décapitée. La guillotine, devant un peuple qui hurlait sa joie. Toute une finale ! précise Juliette.

— Arrête, c'est horrible. Les gens qui assistaient à ce spectacle ! Je me demande si tu réalises que tu perds ta tête... Elle l'a senti, vous pensez, Marie-Antoinette ? Et c'est quoi, ce jeu barbare ? m'interroge Lili.

Il ne faut pas croire qu'elle manque de culture générale. Seulement, lorsque des faits sont trop cruels, incompréhensibles à ses yeux, Lili a tendance à oublier les circonstances. Volontairement. Elle connaît l'histoire. Elle l'a seulement modifiée pour en supporter la violence, l'horreur. Dans le cas de Marie-Antoinette, je présume qu'il lui est plus tolérable de l'imaginer pantelante au bout d'une corde qu'étêtée. Je la seconde.

J'ai exploré le sujet déjà. Pour une autre tête, celle de saint Denis, le martyr. Toujours joli, ce genre de recherches, tandis que tes enfants regardent sagement *Le Roi lion*. Pour en revenir aux têtes, des neuroscientifiques ont vérifié s'il y avait une vie après la décapitation. Et mené des études sur des rats. La conclusion ? On peut compter dix-sept secondes avant que l'activité cérébrale soit totalement nulle. Oui, même la tête coupée, on pourrait avoir dix-sept incroyables et interminables secondes de conscience ! Pour penser à quoi ? À qui ? Je n'ai rien partagé de mes recherches avec Lili. Ce jeu barbare, le premier d'une longue liste que j'ai planifiée, est plutôt tendre.

Après ce premier essai, j'accepte de faire une pause. De poursuivre la conversation. On ne jouera pas à Twister. Finalement trop inoffensif ou insignifiant, c'est au choix. On ne découvre rien les unes des autres. Et nous éviterons de répéter les prouesses de notre dernière rencontre.

Il était très tard. Les pastilles de couleurs dansaient sur la toile blanche. Franchement délirant. Alex, la moins ivre du groupe et la plus douée, a eu pour mission de nous filmer, hurlant de rire, tombant les unes sur les autres. De mauvaises meneuses de claque dont la pyramide et l'orgueil venaient de s'écrouler. En même temps.

Ce soir, malgré ses vertus exutoires, Twister n'est pas sur la liste. La conversation, les échanges sont au programme. Je viens d'acheter un magazine qui évoque ces amis dont on sait si peu. Alors, j'ai envie qu'on échange sur nos projets. Pas sur les hommes que nous avons fréquentés et les autres que nous convoitons.

— Les filles, c'est réalisable. Pour toi, Alex, ce sera peut-être plus difficile… Nous n'avons pas le droit de dire le prénom d'un seul gars. Pas d'hommes dans la conversation. Si une d'entre vous se laisse aller, vous devez mettre une pièce de deux dollars dans le pot au centre de la table.

— Mais pourquoi ?

— Parce que, la dernière fois, on a trop parlé d'eux.

— Mais on les aime !

— Je suis d'accord avec toi, me seconde Lili. Je vote pour les voyages, ou le dernier livre qu'on a lu, ou notre idole…

— Je n'ai pas d'idole, annonce Kim. Et pas de deux dollars, non plus.

— Tu y tiens vraiment, aux pièces dans ce pot ? Qu'est-ce qu'on va en faire après ?

— Ça dépend de combien d'argent on aura récolté à la fin de la soirée. Et j'ai des pièces pour toi, Kim.

Alex demande si elle peut dire « amant » ou tout simplement « il » sans avoir à débourser.

— Je peux me le permettre sans mettre de sous ? Le jeu n'est pas commencé…

— Interdit. Il l'est.

◆

Les hommes ne sont pas toujours au cœur de nos conversations. Lors des deux derniers soupers, nous leur avions cependant accordé une grande place. Il avait été question de quête, de jalousies, de sites de rencontres. De rendez-vous pris à une cadence soutenue, et de déceptions continues aussi. D'abstinence. De sexe thérapeutique. Ou du moins de toutes ses vertus.

— Ça relaxe, c'est bon contre la dépression, avait commencé Juliette, qui nous avait annoncé que l'activité sexuelle réduisait même les risques de cancer.

— Ça brûle aussi des calories, avait soutenu Alex, obsédée par ce qu'elle ingère – et dépense.

— Exact. Dix minutes de position du missionnaire, c'est deux cents calories perdues. Trois cents si on est sur notre homme ! précisait Kim, dont je ne voudrais pas ouvrir les tiroirs de sa mémoire – ça doit être rangé serré là-dedans.

Dans les faits, je l'envie. Je n'ai pas de réserve pour ces informations utiles ou inutiles. Je me souviens des odeurs, des couleurs, de la robe que je portais à mon premier jour d'école, du papier d'emballage de ma maison de poupée que j'avais sagement plié, pour me rappeler l'émotion de ce cadeau, du menu complet de mes premiers soupers amoureux. Je me souviens de tout ça. Dès l'enfance. Mais les chiffres, les dates historiques importantes, j'ai un blocage. Dans mon cerveau, il y a des sensations et plein de mots à mettre dessus. Pas de statistiques ou de jours marquants.

Comme Kim semblait avoir enregistré beaucoup de données en la matière, j'avais poursuivi sur la même lancée. La seule qui me concernait.

— Et la masturbation ?

— Efficace aussi. Cent cinquante calories.

— Je sens que je vais m'y mettre intensément. Quatre fois par jour et tu viens de perdre six cents calories !

Alex nous annonçait qu'elle abandonnait le jogging, préférant se caresser.

Bref, nous avions parlé de plaisirs solitaires, puis à deux.

◆

Ce soir, pas une pièce n'a été déposée dans le bol. Nous n'avons pas de lot à nous partager. Nous échangeons sur les derniers livres lus, les auteurs que nous aimons. Sur les récents films que nous avons vus et appréciés. Les recettes à essayer et, ça vient d'arriver, le spiraliseur, à se procurer au plus pressant.

Lili et Juliette sont des adeptes de ce nouveau gadget qui transforme les légumes en amusantes spirales. Lili s'en fait des pâtes, des salades de toutes les teintes. Juliette découvre à peine la méthode, mais ne jure que par cette nouveauté qui, à les entendre, transformera nos vies. Tout va bien, la conversation est animée, divertissante. Pas d'ombre à l'horizon. Pas de menace dans le ciel de ma cuisine.

Puis, ce réflexe. Plus fort que moi. Je sors des feuilles blanches et des crayons de couleur. Ça ne manque pas à la maison. Et je propose un test psychologique que les filles ne connaissent pas, à mon étonnement. Celui du petit cochon.

— Tu veux qu'on dessine ? demande Kim.

— Oui ! C'est le spiraliseur qui m'a fait penser à une queue en tire-bouchon. Il faut faire un petit cochon sur votre feuille.

— La dernière fois que j'ai fait un dessin, je devais avoir six ans, confie Juliette.

Et elles se mettent au travail. Rapidement. Un cochon, ça ne demande pas des heures. Sauf pour Lili, qui s'applique. Elle tire la langue.

— C'est beau ? Je gagne ?

Elle sourit en montrant son œuvre.

Elle a dessiné la bête tout en haut de la feuille, ce qui dénote une nature optimiste. Positive. Ça lui convient. Alex et Juliette ont placé leur cochon en plein centre. Deux réalistes. Kim doit passer une mauvaise soirée. Après son épisode de l'Avare, elle devient la pessimiste du groupe. Sa bête est tout au bas de la feuille.

— Mais il est sur le sol ! Dans sa boue ! elle se défend.

— Ce n'est pas un test scientifique. Seulement des généralités. T'en fais pas, Kim, la rassure Lili.

Selon la direction du regard, l'animal peut nous révéler un attachement aux traditions, un côté amical vers la gauche. Vers la droite, il démontre notre côté actif, innovateur. Ça convient à Alex.

— Pour les pattes, si vous en avez fait quatre, c'est normal. Mais Lili, trois pattes ? Ça voudrait dire que tu es insécure. Qu'il y a de grands changements dans ta vie...

— Mais tout va bien ! Qu'est-ce que tu crois ? J'ai juste oublié une patte.

Avant de m'attaquer à la grande finale, j'hésite. Deux Gonzelles ont manifestement une vie sexuelle bien remplie. Deux autres traversent, comme moi, un désert.

— Vous êtes prêtes ? Regardez la longueur de la queue de votre cochon. Plus elle est grande, meilleures sont vos relations sexuelles.

Kim et Alex en ont tracé de très longues. Elles se tapent dans les mains et font une danse du bassin.

— Ça va, les filles ? jette Juliette.

Son cochon a une queue toute discrète, dois-je avouer. Plus petite encore que celui de Lili, qui se plaint d'être trop sage.

Sans un mot, Juliette reprend son crayon et biffe la queue dans un mouvement brusque. Sa manière de nous faire comprendre qu'elle en a un peu marre d'être seule. Et sans sexe.

— T'en as d'autres, des jeux comme ça ? Je m'éclate en ce moment ! qu'elle m'envoie.

Oui, j'en ai quelques-uns en réserve. Mais, pour ce soir, ça suffit. Dans deux jours, les enfants arrivent pour la semaine. Je leur demanderai de jouer avec moi…

Notre rencontre

Nous avons fait la guerre ensemble. C'est du moins ce que nous nous plaisons à dire en riant. Trop conscientes que nos quelques mois de tournage sur un nouveau projet immense, populaire, prenant, n'avaient rien à voir avec la guerre.

Ce n'était pas une épreuve. Juste une forme de tour de force qui nous a demandé beaucoup d'énergie. Qui a grugé nos heures de sommeil, testé nos nerfs. Surtout, une aventure folle, stimulante, marquante.

Au-delà de son incroyable succès, cette émission a permis notre rencontre. À la fin de la première saison, nos liens étaient déjà solides, mais notre groupe n'était pas né. Nous avions des amis, une famille, une vie ailleurs. À rattraper. À recoller, dans certains cas.

La première fois que j'ai croisé Alex, elle courait, sa caméra à la main, et dévalait en souliers de course une pente enneigée.

— Salut, moi c'est Alex, elle a dit en me tendant sa main gauche, qui était libre. On se retrouve tantôt !

J'ignorais que je la verrais courir ainsi pendant deux ans. À perdre cinq kilos à chaque projet. Une camérawoman hors du commun, qui avait ce don de me mettre en valeur, même les deux pieds dans la neige, par un froid sibérien.

J'ai encore clairement l'image de Juliette, dans le petit chalet de production, le menton et le nez cachés dans le col de son chandail vert tendre. Comme son teint. Elle avait les yeux rougis.

— Désolée, c'est sec ici.

Manifestement, elle venait de pleurer. Comme d'autres le feraient durant cette aventure. J'ignorais alors que j'étais témoin d'un rare instant de vulnérabilité de sa part. Juliette contrôle tout. Redonne à une équipe le souffle qui lui manque. Cache dans ses tiroirs les barres énergétiques, les bas de laine, les cigarettes pour les urgences. Le vin pour les crises majeures ou les fins de soirée. Le dispensaire de rêve pour faire tenir les troupes. Cette fois-là, à quelques jours de la diffusion de la première émission, la pression faisait son œuvre.

J'ai ensuite rencontré Lili. Comme une oasis.

— Tu veux boire quelque chose ? Du thé ?

Elle m'ouvrait un tiroir aux boîtes métalliques colorées, qui allait nous faire passer des moments de paix. Bénis.

Elle est touchante, Lili. Toutes les équipes de production tombent sous son charme. Attentionnée, gentille. Elle insuffle une dose d'humanité dans chacun de ses projets. Elle n'élève pas la voix. Elle ne court jamais, elle marche en laissant derrière elle un nuage parfumé. Elle est aussi fragile et s'émeut facilement.

Plus loin, dans la roulotte de production, Kim négociait, tuque sur la tête. De ses mains gantées, elle tapochait sur son ordinateur. Sans délicatesse. Trop pressée pour les présentations, elle m'avait avisée de bien conserver tous mes reçus.

— Pour ton compte de dépenses, tu ne les oublies pas, j'en ai besoin. Sinon je ne pourrai pas te rembourser.

Et moi dans tout ça ? Personne n'a eu l'occasion de faire ma connaissance. Je débarquais, fraîche, enthousiaste. Ignorant les exploits des semaines précédentes, où toute une équipe avait travaillé jour et nuit pour mener à bien le lancement de cette émission. Plus tard seulement, mes amies sauraient combien j'aime recevoir, veiller à ce que chacune soit bien, heureuse. Même si ça vient avec une forme de contrôle, tout devant se dérouler à ma manière.

Précisément comme je l'ai imaginé, afin que ce soit doux. Agréable.

◆

À se fréquenter douze, quatorze, seize heures par jour, nous allions découvrir rapidement nos qualités. Démasquer nos défauts. Tout petits, qui n'entravent pas l'affection.

Par exemple, Kim connaît la valeur des choses. Elle veut finir par vivre dans l'aisance, seule ou avec un conjoint. Elle voyage, vient au restaurant avec nous, mais il faut s'attendre à ce qu'elle peste chaque fois qu'elle reçoit l'addition. « Vous vous rendez compte, le pourboire de quinze pour cent, ils l'ajoutent à la taxe. On offre du pourboire à une taxe ! Comme si on n'en donnait pas assez au gouvernement ! »

J'ai compris plus tard qu'elle tentait de ne pas répéter l'erreur de ses parents. Ils avaient tout. Les deux voitures, la maison, la piscine, les amis, les soirées bien arrosées, les voyages en famille avec Kim et sa sœur aînée. Un train de vie qu'ils maintenaient avec des heures de travail qui s'étiraient. Et qu'ils n'ont pu tenir.

Ç'a commencé par les vacances d'été, qui ont été annulées. Puis est venue la tension entre ses parents. « À neuf ans, tu vois tout », qu'elle nous a dit, la seule fois où elle nous a parlé de cette période grise. Puis, deux toiles enlevées ont laissé des cernes sur les murs du salon. Elles avaient été vendues. « Ils n'ont même pas été foutus d'accrocher quelque chose pour cacher le vide. » Les soupers et les amis se sont faits rares. Un après-midi, Kim est arrivée de l'école. Elle a vu de loin, espérant que c'était celle des voisins, une pancarte sur un terrain. La maison, sa maison, était à vendre. Personne ne l'avait avertie. Elle a piqué une crise. Ses parents n'étaient pas vraiment en état de la consoler. Deux jours plus tard, quelqu'un venait acheter les équipements de ski de toute la famille. Impossible aujourd'hui de lui rappeler les sports d'hiver. Et la finale, le coup de grâce, ç'a été les voitures. Pas vendues cette fois. Reprises par le concessionnaire.

J'imagine que ça change ton rapport à l'argent. Pour une vie.

Alex, elle, est hyperactive. J'apprécie cette énergie qui ne connaît pas le repos, à des moments bien précis. Par exemple, lorsque après le repas elle range, lave les assiettes et les casseroles, donne un coup de balai. « Moi, hyperactive ?! » qu'elle lance de la cuisine. Elle est chez moi, je précise. Surtout, elle est inspirante. Avec sa caméra qui pèse deux fois plus qu'elle, elle ne craint rien. Ne se plaint jamais. Et ose des tournages partout sur la planète, dans des conditions exigeantes.

Juliette, c'est notre mystère. Organisée, efficace, elle mène des plateaux de tournage avec une maîtrise prodigieuse. Même lorsque tout le monde panique parce qu'on ne finira jamais dans les délais. Oui, elle est rassurante. C'est de loin la plus calme du groupe. La plus discrète aussi. Elle n'est pas de celles qui se livrent facilement.

Tout le contraire de Lili. Primesautière, trop romantique. Le « primesautière », ça vient de moi. J'aime ce mot depuis que je l'ai cueilli au détour d'une lecture. Je dis cueilli parce que ça ressemble à un nom de fleur. C'est gracieux. Comme Lili qui sautille, qui répand sa joie. Elle dit souvent tout ce qui lui passe par la tête, sans filtre. Elle est la seule fille que je connaisse qui échappe encore des mots d'enfant. Que je devrais noter.

Et le romantisme, lui, vient de tout le reste. À outrance. Ce qu'elle lit dans les livres est toujours plus beau, plus fort que dans la vraie vie. Elle trahit un idéalisme suranné. Son bonheur doit passer par un amour enflammé.

◆

— Il n'y a rien de mal à rêver d'un homme qui m'aimera passionnément. Jusqu'à ma mort et après !

Nous étions à la fin du projet, dans une des roulottes de production. Neuf heures du soir, la journée venait de se terminer. Juliette avait sorti les cigarettes d'urgence et aussi une bouteille de vin. Rouge et froid. Même si elle était chauffée, on gelait dans la roulotte.

Nous parlions d'autres choses que de montage, de cassettes à envoyer au plus vite, de l'horaire du lendemain ou du mal de gorge d'une participante qui s'inquiétait pour sa voix.

— Je veux être aimée autant que Marilyn a été aimée de Joe DiMaggio. Je rêve d'un homme qui me fera parvenir chaque semaine des bouquets de roses sur ma pierre tombale !

— Joe DiMaggio ? s'était étonnée Juliette.

— T'es sérieuse ?

— Tu te rends compte de ce que tu dis ? avait balancé Kim.

— Je sais, tu es déjà en train de calculer combien ça coûte, un bouquet de roses par semaine, puis ensuite sur une année…

— Ce n'est pas une question d'argent !

— De quoi alors ?

J'avais senti le besoin d'intervenir. De rappeler aux filles de rester calmes et que Lili avait le droit de rêver. Kim n'avait pas été impressionnée.

— De ta mort annoncée ! qu'elle avait renchéri. Ton idéal amoureux passe par toi, morte, six pieds sous terre. Toi, dans je ne sais trop quel état, je te laisse les images, heureuse de recevoir des roses cueillies par des gens qui s'esquintent les doigts. Ils en saignent. J'ai vu des reportages là-dessus !

Elle avait enchaîné sur le livreur de fleurs qui viendrait lancer sans précaution les bouquets sur sa tombe.

Sur le fleuriste qui saurait bien vite à qui s'adressaient ces bouquets. Il lui refilerait les moins belles fleurs.

— Tu ne comprends rien. Je pense à l'homme qui aura assez d'amour pour moi pour me faire livrer des fleurs. Même morte.

— Mais ça te fera quoi de recevoir des fleurs quand tu seras morte ? Je ne saisis pas ! se désespérait Kim, à qui je devais donner raison.

— C'est la beauté du geste. Les autres sauront que j'ai été aimée passionnément. Je trouve ça unique. Ça m'a toujours émue.

— Alex, qu'est-ce que tu fous ? avait demandé Kim.

— Quoi ? avait lancé, faussement innocente, celle qui filmait depuis le début cet échange venu d'une autre planète.

— Tu effaces ça tout de suite !

— Non, vous êtes juste trop !

— Tu effaces *maintenant*.

— Seulement si vous m'envoyez un bouquet de roses. Toutes les semaines. Jusqu'à votre mort.

La marée existe même en hiver

Cette première saison-là, nous l'avons traversée avec une intensité rare. Le temps de quelques soirées où, malgré la fatigue, nous avons fêté le paysage, l'hiver, les journées folles achevées. Nous n'étions pas encore amies. Des collègues qui s'appréciaient et qui savaient trop bien comment les choses se terminent, malgré les promesses de se revoir bientôt. À défaut de se jurer l'impossible, nous nous sommes quittées après une soirée de gala, une fête incroyable, en nous disant à la prochaine. Une prochaine qui est arrivée dès l'hiver suivant, sous la forme d'une vaste tournée à travers la province, à la recherche de nouveaux talents.

C'est là, dans un autobus, à chanter, à crier, à somnoler, que nous avons parcouru des milliers de kilomètres. Dormi dans des hôtels et des motels. Rencontré des gens authentiques, bavards, généreux. C'est là aussi qu'Alex, Lili et moi avons failli mourir noyées devant le rocher Percé. Il était si beau, le rocher, en plein soleil, sur la neige immaculée.

— On devrait tourner ton intro ici!

— La lumière est idéale. Tu veux?

En bonnes guerrières, nous avons marché dans la neige molle. Un effort à chaque pas pour nous y rendre. Nous avons enregistré l'intro et la finale de l'émission devant le rocher éclatant. (J'en conserve encore les photos.) Puis soudainement, au loin, très loin même, un homme s'est mis à gesticuler et à hurler.

Nous n'entendions que des cris. Naïvement, nous avons présumé qu'il avait reconnu notre équipe. Nous l'avons salué en retour. C'était peut-être celui qui nous avait servi le petit-déjeuner plus tôt.

— Il n'arrête pas de nous saluer, avait remarqué Alex.

— On a dû lui tomber dans l'œil, avait ajouté Lili.

Nous avions tout faux. Nous avons allumé sur le tard qu'il nous faisait signe de revenir vers la route. À observer ses gestes, et ceux de deux autres passants venus le rejoindre, nous avons compris l'essentiel. Ça pressait. Nous avons ramassé l'équipement et rebroussé chemin. Au plus vite. Trépied, caméra, tout le matériel à la traîne. En oubliant son poids. Urbaines que nous étions, nous venions de réaliser que la marée existe. Même l'hiver. Même sous la neige. Plus nous approchions du rivage, moins elle était solide, cette neige. Nous nous enfoncions juste assez pour paniquer. Chacun de nos pas laissait une trace grise, qui se gonflait aussitôt d'eau.

— On peut mourir noyé sous la neige ? avait osé Lili.

— Je sais pas, mais on cale en crisse ! j'avais sacré – je le fais en cas d'urgence seulement.

Soit la marée montait très vite, soit nous ralentissions notre rythme. Nous en avions maintenant jusqu'aux genoux. Nos bottes étaient complètement trempées. Lili a été la première à pleurer.

— Lili, arrête. J'ai deux enfants qui m'attendent dans trois jours à la maison. S'il y en a une qui doit chialer, c'est moi.

Et je me suis écoutée. Je me suis mise à pleurer. M'en voulant de mon ignorance. En pensant aux enfants.

— Ça suffit, les pleureuses ! On court ! avait ordonné Alex.

Sur le bord de la route, ils étaient désormais quatre à nous observer. Et à nous encourager. Le spectacle ne s'est pas terminé en tragédie, mais chez des inconnus qui ont fait sécher nos bas et nous ont fait couler un bain chaud pour que nous y trempions nos pieds gelés. À ma plus grande gêne.

L'incident de nos bottes mouillées est resté entre nous. Kim nous aurait engueulées en notant au passage que cette noyade n'aurait pas été considérée comme un accident par les assurances. En nous reprochant les responsabilités que nous n'avions pas prises.

C'est tout de même à cet instant précis, celui où j'ai pensé que nous allions peut-être mourir, avec une vue incroyable sur le rocher Percé, que j'ai compris que j'aimais profondément ces filles. Ensemble, nous avions échappé à la marée. Ensemble, nous avons chanté, dansé dans les bars de toute la province. Nous avons fait un registre quasi officiel des meilleures poutines. Nous nous sommes extasiées sur le même chanteur dans un bar. Lui fixait la fille assise juste devant la scène. Celle qui connaissait chacune de ses paroles par cœur.

Nous avons eu nos règles toutes au même moment, trois fois. Nous avons été célibataires aussi, en même temps. Une tournée, une émission, une tournée, il y a mieux pour préserver son couple. Puis, à la fin des auditions, du tournage, il y a eu un grand vide. Ces filles, toutes plus jeunes que moi, plus libres aussi – j'étais la seule à avoir des enfants –, me manquaient.

◆

On s'est retrouvées à la fin du projet, au *wrap party*, où toute l'équipe célébrait deux années bien remplies, à se promettre de se revoir. Le genre de promesse qu'on ne tiendra pas. On le sait d'avance. Mais cette fois, c'était différent. Nous nous faisions du bien. Nous y croyions toutes. Nous l'espérions toutes.

Quelques semaines plus tard, j'invitais Alex, Juliette, Lili et Kim chez moi. L'endroit qui allait devenir, dans les débuts, le camp de base de nos soupers. Ma cuisine et mon salon étaient grands. Et j'aimais recevoir.

Ce soir-là, nous sommes revenues sur l'aventure. Notre guerre bien-aimée. Nous avons parlé de boulot. L'ancien et celui que nous venions toutes de décrocher facilement. Le succès de notre récent projet nous avait permis d'obtenir toutes les cinq des emplois à notre goût. Nous nous sommes félicitées, puis encouragées. Nous avons levé nos verres à chacune de nos réussites, à nos ambitions.

Alex restait camérawoman pour une émission jeunesse et pour un documentaire en Argentine.

— Aux Argentins ! a crié Kim.

Juliette s'occupait de la production d'une émission de télé en direct, Lili d'une série sur les jeunes sans-abri. Kim avait délaissé la télévision. Elle s'initiait à la création médias dans une grosse banque. Moi, je prenais du recul. Je m'étais remise à l'écriture. J'avais besoin de silence, de solitude. Et d'être avec les enfants.

Nous avons partagé tous ces chamboulements lors de ce premier souper. En prime, nous avons regardé les photos – magnifiques – du rocher juste avant ce qui aurait pu être notre mort. Dès ce soir-là, nous avons lancé une tradition en prenant une série de photos de nous. Parce qu'Alex est talentueuse avec les caméras en tout genre et qu'on se trouvait belles… Avec raison. L'équation est simple. Nous étions heureuses. Et le bonheur rend belle.

◆

À l'époque où nous travaillions sur ce projet télé, nous n'étions pas toutes les cinq célibataires. Les appels dans les chambres de motel – « Tu fais quoi ? T'as fêté ? T'es avec qui ? Tu reviens quand ? Tu m'aimes ? » – étaient tous légitimes à leur manière. Mais nous vivions dans ce que j'appelais « notre *Truman Show* ». Une immense bulle au-dessus de nous, qui suivait notre autobus, les camions de production. Une bulle qui nous coupait, même à notre insu, des gens que nous aimions.

Certains couples se sont laissés. D'autres sont nés, l'espace de quelques nuits. Et pour moi, même dans cette bulle, c'était la pénurie. Ma dernière relation avait pris fin juste avant le début de l'aventure. La séance photo pour la campagne publicitaire avait eu lieu le lendemain de la rupture. Je n'ai pas eu les yeux bouffis, le nez rougi, les lèvres gercées à force de les mordre. Je n'ai pas pleuré. Pas une goutte.

En retenant mon souffle dans une gaine, tandis qu'on faisait tomber des feuilles de partition tout autour de moi, je souriais. Ma peine ne m'enlèverait pas cette chance, la joie d'un tel projet. Alors, je l'ai remise à plus tard, la peine. Beaucoup plus tard.

Ces amitiés naissantes, ces soupers de filles comblaient un vide. Arrivaient à un bon moment dans ma vie.

Comme un sommet du G7 ou cent vingt-neuf courriels plus tard

J'ignore comment cela se déroule pour les autres, mais en ce qui nous concerne, j'ai toujours l'impression que planifier un de nos soupers tient d'une rencontre entre les plus grands de ce monde. C'est spectaculaire – pour ne pas dire un peu délirant –, la quantité de messages que nous pouvons échanger avant d'établir la date et l'heure de nos rendez-vous.

À notre décharge, il faut dire qu'à l'exception de Kim nous sommes toutes pigistes. Nous avons oublié la simplicité d'un horaire fixe. De savoir à quel moment nous aurons un *rush*. Juliette, par exemple, lors d'une émission de téléréalité, est inatteignable. Surtout lors des derniers épisodes, où elle dort au travail. « C'est de l'esclavage ! » se désole Lili. « T'en donnes trop », renchérit Kim. « Dis-le-moi quand ça arrive, je vais t'apporter une soupe », que j'ajoute, sincère.

Alex part souvent pour de longs tournages, dont je perds le fil. Avant chaque départ, elle nous écrit pour savoir si « par hasard » l'une de nous ne voudrait pas s'occuper de Cocteau pour quelques semaines. « Il ne dérangera pas, il est indépendant », qu'elle nous assure chaque fois. Elle oublie de mentionner le poil qu'il distribue généreusement. Puis son insistance à dialoguer avec son chat par Skype, une ou deux fois par semaine, pendant qu'il lèche ses pattes et les fout partout sur l'écran d'ordinateur.

Nos rencontres ont débuté avant l'avènement de Facebook. J'ai refait le compte. Notre premier souper – pour lequel j'ai archivé les échanges – a nécessité cent vingt-neuf courriels de part et d'autre. Pas vingt, pas trente. Cent vingt-neuf. C'est à partir de là que j'ai décidé d'alléger les nuages informatiques qui flottent au-dessus de nos têtes. Après avoir choisi une ou deux des dates proposées, souligné que je n'avais pas de préférence pour le resto, je les ai finalement invitées à l'appartement.

Pour les sorties, je les laisse aller. En général, au cinquantième message, la date et l'heure sont fixées. C'est déjà ça. Puis reste l'ultime étape : le choix du restaurant.

L'été, la terrasse est obligatoire. Celle qui est du côté du soleil après dix-huit heures. Ni trop bruyante, ni à une intersection. « Elles sont dangereuses », nous a expliqué Alex, qui a fréquenté quelques policiers et pompiers, friands de sites de rencontres. Ils évitent les terrasses. Il y a aussi les menus à vérifier, pour cause d'intolérances alimentaires réelles. Une fois découvertes, elles ont véritablement transformé la qualité de vie de deux des filles. Ensuite, il y a les suggestions, l'option « apportez votre vin » – nettement avantageuse certains soirs –, les nouvelles places à essayer pour ne pas prendre de retard sur la tendance. Trente courriels plus tard, tout va bien. Nous sommes près du but.

Et bang ! On retourne en arrière. Comme le jeu serpents et échelles.

Rendues au centième échange, alors que nous croyons la partie gagnée, nous tombons sur un serpent et glissons de plusieurs cases. Le restaurant en vogue vient de recevoir ses premières critiques. Parfois, une seule suffit. À part sa décoration, son ambiance, des propriétaires qui se sont démarqués dans d'autres établissements, l'endroit si difficilement élu ne remplit pas les attentes. Le service n'est pas encore rodé. La cuisine reste à améliorer ou, dans une version plus cruelle, est à bannir.

On reprend. On lance les dés dans l'espoir de tomber sur une échelle. Finalement, alors que je ne participe plus à la conversation depuis plusieurs jours, nous arrivons à nous retrouver, heureuses, dans le lieu mûrement choisi. Ou ailleurs. M'étant éclipsée trop tôt de la correspondance, il m'est arrivé à deux reprises de me rendre au mauvais restaurant et d'attendre mes amies, en me disant qu'après tous ces échanges elles devraient pourtant être là à l'heure.

C'est aussi pourquoi j'aime recevoir à la maison. Tout est plus simple et sans témoins…

Je suis nue !

Dans mes cauchemars les plus humiliants, j'oublie d'enfiler mes vêtements et je me retrouve dans une allée d'épicerie. C'est seulement devant le comptoir des surgelés, lorsque je frissonne, que je réalise que je suis nue. Totalement. Comme un ver. Une expression qui me déplaît. À la hauteur de mon aversion profonde pour ces bêtes sans échine, qui font que je déteste la pêche à la ligne.

Pourtant, cette fois, je rêvais que je déambulais, nue, sans complexes, en poussant un chariot. Très consciente des regards qui se posaient sur moi. Fière. À cet instant d'orgueil mal placé, je me réveille. Tout aussi découverte. Ce qui n'est pas dans mes habitudes.

Même avec un (accidentel) amant dans mon lit, je dois enfiler une chemise de nuit, couvrir mes épaules et mon ventre, ou bien je ne dors pas.

Le temps de retrouver mes esprits, de tirer la couverture pour me protéger, je me rappelle la soirée de la veille. Surtout sa grande finale. Et je replonge la tête dans mon oreiller, en me lamentant. Pas de mal, mais pas mal de honte.

Je revois les filles qui m'ont accompagnée jusqu'à ma chambre. M'ont soutenue plutôt. À tour de rôle, elles se sont assurées que j'avais bien avalé trois comprimés et deux immenses verres d'eau avant de m'étendre dans mon lit. Je me souviens du compliment de Lili sur ma nuisette corail.

— Oh, elle est belle ! Elle te va bien en plus.

— C'est de la soie, a constaté Juliette.

— Allez, viens te coucher, a insisté Lili, qui me parlait comme à une enfant.

— Tu aimes ma nuisette ? Elle est neuve.

— Elle est jolie. Et douce. Comme toi.

Elle en mettait trop. Moi aussi, d'ailleurs.

— Vous êtes les premières du monde entier à la voir, ai-je beuglé.

— Quelle chance, a lâché Kim, de moins en moins patiente.

La parcelle de conscience qui me restait a perçu son sarcasme. Si certaines de mes cellules cérébrales étaient mortes ce soir-là par un abus d'alcool, mon cerveau n'était pas complètement atrophié. Je lui ai laissé comprendre que j'avais détecté la médisance de sa remarque.

— Mieux que ça, Kim, vous êtes les premières de l'univers à la voir ! De l'univers !

La bouche trop molle, j'ai ensuite déballé ma déception. J'avais acheté mon élégante nuisette il y avait longtemps. Enveloppée délicatement dans un papier de soie, elle attendait, comme moi, un homme pour qu'on l'étrenne. Finalement, à bout de célibat et de rencontres qui ne m'ont jamais donné envie de me retrouver dans un lit, nue ou en nuisette, j'ai décidé de la porter pour moi seule. Pour ma propre satisfaction. La meilleure des raisons. Elle n'aurait pas dû patienter. Pas plus que moi.

Devant Lili et toutes les autres, j'ai insisté, très fort, pour lui offrir ce petit bout de tissu. Plein d'espoirs déçus. Il lui serait plus utile à elle qu'à moi. Du moins, je le lui souhaitais de tout mon cœur. De tout mon sexe qui – j'ai senti le malheureux besoin de confier – se déshydratait comme une figue.

Lili ne voulait rien entendre d'obscène et de démoralisant. Chassait l'image d'une figue séchée dans son esprit, où tout est pur et lisse. Surtout, elle craignait d'abuser de ma générosité. Elle a d'abord refusé. Gentiment. À répétition. Fermement. J'ai insisté.

Devant ce qui s'est transformé en acharnement, elle a eu la sagesse d'accepter ma nuisette pour que je m'endorme enfin. Elle m'a remerciée. Embrassée.

Elle m'a bordée, nue. Elle m'a caressé un peu la tête. Kim a pris soin de mettre une serviette sur l'oreiller. Juliette, un seau tout à côté du lit. Alex a rangé la pièce en désordre.

◆

Au matin, toujours nue, je retrace la soirée. Je n'ai pas mal à la tête, ni la nausée. Le seau est vide. J'ai seulement un peu froid. Je me lève sans le mal de bloc que je redoutais au premier mouvement brusque. Tout va bien jusqu'à ce que j'ouvre mon placard à la recherche de quelque chose pour me couvrir. Le néant. Il est vide, ou presque. Deux ou trois robes abandonnées flottent au milieu de cintres orphelins. La scène est navrante. Je frissonne toujours. J'enfile ma vieille robe de chambre au velours fané ; personne ne l'a réclamée, ça me revient.

Le voile opaque se lève sur la soirée. Elle était joyeuse. J'étais portée par une vague de générosité, de simplicité volontaire. Éthylique. Je n'en pouvais plus de cette garde-robe étouffante, débordante. On n'y voyait plus clair. Alors, je me suis délestée. Vêtements portés ou jamais enfilés, j'ai presque tout donné.

En appuyant la tête sur la porte de mon placard, je me rappelle. Le miroir trop lourd que nous avons failli échapper en le transportant au salon. Nous avons évité de peu sept ans de malheur.

Je me revois revenir du sous-sol avec d'énormes sacs de vêtements sentant légèrement l'humidité. Puis des boîtes et autant d'autres lainages aux parfums de renfermé. Les amies essayaient tout avec tant d'enthousiasme. Elles ont subitement perdu le sens de l'odorat. Si sensibles aux odeurs, elles ne se souciaient pas du parfum étrange de ce qu'elles enfilaient. À les regarder aimer, se réjouir, taper des mains et parader, j'ai souhaité étirer l'instant. J'ai ouvert la porte de ma garde-robe. Trésor ultime.

Les vêtements jamais portés. Ceux qui attendent, depuis des années, que je perde dix livres. Miraculeuses. J'insiste sur les livres, pas les kilos. Il n'y a rien de plus déprimant que d'attendre de perdre des kilos. Je n'ai jamais entendu une copine se vanter en lançant : « Je viens de perdre deux kilos en une semaine ! » On y va, larguant le système métrique, pour les cinq livres qui frappent l'imaginaire. Celles qui sonnent nettement comme un exploit. Bref, ces vêtements étaient tout neufs parce que je n'avais perdu ni livres ni kilos.

— T'es malade ? Tu ne les as jamais portés ?!

— Je sais, j'attendais un régime. La plupart étaient en solde. Ça valait la peine…

— Moi aussi, je fais la même chose. Et j'y arrive. C'est la seule façon que j'ai trouvée pour maigrir vraiment.

— Moi, c'est la seule façon que j'ai trouvée pour donner mes vêtements.

C'est toujours dans ces échanges qu'intervient la douce Lili.

— Tu n'es pas la seule. Il paraît que, dans les garde-robes de femmes, la moitié des vêtements ne sont pas portés…

Kim, notre spécialiste des chiffres et des statistiques, en a rajouté.

— Vous savez qu'on peut trouver quatre grandeurs différentes dans une même garde-robe ? Quatre tailles, c'est incroyable ! Mais c'est nocif pour l'ego, tous ces vêtements qu'on ne pourra jamais enfiler.

Les mains pleines, nous sommes retournées au salon, là où les vêtements s'empilaient dans un bordel multicolore. Nous avons terminé la dernière bouteille de vin. Il ne restait que de l'eau ou du café à boire dans la maison. Et il y avait encore tant à essayer…

Accoutrées d'un mélange de vieux et de nouveaux vêtements, nous avons navigué, bruyamment, jusqu'au dépanneur du coin.

Haut et fort, nous nous sommes mises à étaler nos connaissances de sommelières du bas de gamme. De toute évidence, nous avions toutes lu le même article sur les vins de dépanneur recommandables. En grandes spécialistes, nous allions repartir, non pas avec une, mais deux autres bouteilles de vin. Inutiles. Nous dépassions notre limite d'alcool. Et celle des décibels tolérables. Surtout lorsque, dans un élan de génie, le vendeur derrière le comptoir a demandé ses cartes à Juliette, qui s'apprêtait à payer pour nous toutes.

— Mes cartes ?!

— Mais il est bête ou quoi ? a dit Kim avec un accent qu'on ne lui connaissait pas.

— Les filles, vous avez entendu ? Il veut voir mes cartes ! Oui !!

Juliette, d'habitude réservée, s'exclamait. Elle s'est approchée du pauvre homme terrorisé tandis qu'il reculait. Notre amie, qui avait rajeuni d'un coup, lui a demandé si elle pouvait l'embrasser.

— Me faire carter ! Ça fait au moins dix ans que ça ne m'est pas arrivé !! Je vous aime, monsieur ! Les filles, je veux une photo !!

Trop excitée, elle a renversé le contenu de son sac à main dans l'étalage des gommes et des pastilles.

L'homme, qui craignait pour la suite, s'est rétracté. Nous pouvions partir sans que Juliette ait à montrer son permis de conduire. Et sans nous prendre en photo dans son commerce.

Notre amie, qui agissait maintenant comme une adolescente, a insisté. Elle avait en main sa carte d'assurance maladie. Nous avons pris le cliché rapidement pour la satisfaire. La calmer aussi. On l'aperçoit, un peu floue, les yeux rougis, montrer sa carte en faisant le V de la victoire. Elle y fait trente ans. Pas dix-huit. Et surtout, ce qu'on retient de la photo, c'est le regard du pauvre homme. Inquiet. Troublé. Il se gratte même la tête. Et il n'a pas l'air d'apprécier ce moment inégalable qu'on lui fait vivre.

De retour à l'appartement, les amies ont continué de remplir des sacs. Nous avons toutes crié en nous créant des looks que jamais nous n'oserions porter une fois dégrisées. J'ai pensé à tout ce que je possédais encore. À mon placard. Aux statistiques lancées par notre mathématicienne. La moitié de ce que s'y trouvait resterait dans l'ombre. Oubliée dans la noirceur.

C'est en tanguant légèrement que je me suis rendue à la chambre. J'ai ouvert la porte de ma garde-robe. J'ai enlevé mes vêtements pour enfiler ma nuisette. Les filles ont remis le miroir à sa place, et là, le grand débarras s'est poursuivi. Elles refusaient d'essayer les plus belles pièces. J'insistais. Je répétais que j'avais besoin de légèreté. J'épelais avec difficulté, en insistant sur certaines lettres.

— Je veux la L-É-G-È-R-E-T-É, vous m'entendez ? T-É, T-É. Légèreté !

Il me manque quelques images de l'opération délestage. Je m'en souviens vaguement, encore. Je portais ma nuisette. Lili a dit qu'elle était belle. Je la lui ai donnée.

Et ce matin, je me retrouve nue. Comme un ver. Ceux qui me font détester la pêche à la ligne.

5

Le double menton d'Alex

— Je déteste mon double menton.

Nous en sommes à grignoter des grissini enrobés de prosciutto et à boire un premier verre. La table n'est même pas dressée. Le ton est donné. Ou plutôt, le sort en est jeté. Nous aurons beau tenter de faire dévier la conversation. Aborder les plus beaux sujets. Le double menton d'Alex restera le point marquant de ce souper, que nous attendions pourtant avec impatience.

Quelques mois se sont écoulés depuis notre dernière rencontre. L'été a filé, nous avions chacune nos occupations, nos projets de vacances. Un joyeux bilan nous attend.

Kim revient d'un long voyage en Turquie et en Grèce. Dans de tout petits hôtels pas chers, vraiment superbes.

— C'est débile de dépenser trop d'argent pour une seule nuit à l'hôtel. De toute façon, on passe la journée dehors !

Juliette, qui nous reçoit, a été en couple pendant quelques semaines. Après des mois de disette, elle a fait l'amour. Enfin. Nous attendons plus de détails sur les faits et sur ce prétendant qui l'a « bien servie », nous a-t-elle écrit pour nous faire languir.

Notre douce Lili a dormi à la belle étoile pour la première fois de sa vie. Sans avoir peur. Et elle vient de dénicher un super contrat d'un an sur un nouveau projet télé.

Tout ça suffirait à remplir la soirée. Pourtant, avec la déclaration d'Alex, je sens que nous venons d'en perdre le contrôle. De la soirée, j'entends.

— Ton double menton ? Tu délires…

— Tu es radieuse. Bronzée. En fait, nous sommes toutes belles ce soir ! lance Lili, sincère.

Elle dit vrai. L'été a été bon pour nos visages reposés. Ça ne suffit pas à Alex. Elle se plaint. La vérité, selon son regard déformé, c'est que sur chacune de ses photos de vacances on ne remarque ni son bronzage ni son sourire. Seulement une énorme masse de chair qui pend sous son menton. Elle est même certaine qu'il tremble à chaque coup de vent. Et plus bas, il y a son ventre. Une courbe féminine, pleine de vie. Rien d'alarmant.

Alex est dure envers elle-même. Ses propos me troublent. Lili aussi réprouve le traitement que notre amie se réserve.

— Tu n'as pas le droit de parler comme ça. C'est horrible.

— Oublie ton ventre. Il paraît à peine. Et ton double menton, nous en avons toutes un…

— Si ça peut te rassurer, tu n'es pas la seule dans ton cas. Les *liftings* du menton ont triplé depuis quelques années, précise Kim. C'est une des chirurgies les plus populaires. C'est la faute aux ordinateurs et aux tablettes !

— C'est vrai, le soir dans mon lit, quand je me penche pour écrire, je panique, détaille Alex.

— Moi aussi, qu'est-ce que tu penses ? C'est le pire des angles.

— Bon, on peut changer de sujet ? Passons aux choses intéressantes. Raconte-nous ton voyage, Kim !

Notre amie a apporté son ordinateur spécialement pour l'occasion. Pour nous montrer ses photos.

— Rassurez-vous, j'en ai une centaine seulement.

Ce n'est pas de l'ironie. Elle est sérieuse. Une centaine. Seulement. Juliette cesse ses opérations en cuisine. Elle s'approche pour regarder les marchés, les couchers de soleil sur le Bosphore, les ponts et tous ces petits hôtels pas chers.

Nous gonflons nos réactions. Nous nous exclamons devant des chambres spartiates, des vues entravées par des toitures, des fils de téléphone, des antennes. Nous faisons comme si rien de tout ça n'existait. Nous nous concentrons sur les toits bleus des îles grecques. Et une mer, aussi bleue, que l'on aperçoit au loin. Très loin.

À travers tout ça se glisse une photo de Kim, la magnifique. Qui s'impose en maillot blanc sur le sable noir. Ce n'est pas le contraste ni le côté sombre et volcanique de la plage qui attirent l'attention d'Alex, mais le corps – superbe – de notre amie.

— Tu as six ans de plus que moi et le corps d'une adolescente ! Tu t'es vue ? Moi, il ne me viendrait même pas à l'esprit de poser comme ça sur la plage.

— Alex, je n'ai pas de bikini non plus. Je porte un maillot noir avec jupette depuis des années, lui dis-je.

Mais c'est inutile.

Lili redoute la phrase de trop. Pour réconforter notre amie au double menton, elle désigne, sur l'écran de Kim, une subtile courbe. À la hauteur des hanches.

— Tu vois, Kim n'est pas parfaite. Regarde, là, un peu de cellulite. Comme nous toutes.

L'observation ne vise qu'à rassurer Alex.

— Qu'est-ce que t'inventes ? Je n'ai pas de cellulite !

Kim, froissée, ne saisit pas la tentative.

— Bien, moi oui, alors.

Lili, qui ferait tout pour la paix dans le monde et entre ses amies, relève sa robe. Elle pince la chair de ses cuisses pour faire apparaître des capitons. Presque triomphante, elle appuie pour nous montrer ses crevasses. Je n'ai jamais croisé une femme aussi satisfaite de sa cellulite.

— Moi, j'en ai pas. Regarde, réplique Kim.

Elle descend son jeans, sans avertir. À son tour, elle s'empoigne le haut de la cuisse. Il faut beaucoup d'imagination ou de mauvaise foi pour y voir une seule marque. Merde, sa peau semble si lisse...

— Les filles, rhabillez-vous, on passe à table ! ordonne Juliette.

En cette fin d'été, elle a misé sur la simplicité et la fraîcheur. Une grande entrée de saumon fumé avec un émincé de fenouil et d'oranges.

Lili se sert en disant combien c'est coloré. Alex oublie son double menton et tombe allègrement dans le saumon fumé, qu'elle adore. Ce qui n'échappe pas à la vigilance de Kim.

— Alex, tu fais exprès ?

— Quoi ?

— T'as vu ta portion ?

— C'est du poisson.

— Du saumon fumé. Dans une mixture pleine de sel ! Idéale pour entretenir la cellulite, explique Kim.

— J'ai jamais dit que j'avais de la cellulite, réplique Alex.

Sérieusement, nous en sommes rendues là ? À nous retrouver pour échanger sur notre cellulite et autres joies ? Nos rendez-vous vivants, animés, se réduisent à nos complexes, à notre tour de taille ? En ce moment, la douceur des vacances s'estompe. Inutilement.

— Ça suffit ! Je vous interdis à toutes les deux d'analyser ou de critiquer chacun des plats que je vais servir. Jeûnez avant, jeûnez après, mais si on se fait des soupers, c'est pour avoir du plaisir et pour manger ! lance Juliette d'un ton sans appel.

Elle retrouve la poigne dont elle fait preuve sur les plateaux. Lorsque tout le monde a la tête ailleurs, plongée dans son cellulaire. Lorsque l'équipe tarde à s'activer avant le début d'un tournage, quelques mots, fermes et polis, de notre amie ramènent les troupes à l'ordre.

Il n'y a pas que sur les plateaux que son autorité sympathique fait effet. Les filles s'excusent de leur échange. Lili approuve en se réjouissant qu'on ait plein de choses à se raconter. Les ventres, les vergetures et tout le reste, nous en avons un peu marre. Et ça devient lourd à la fin. J'allais lancer l'expression et je me retiens. Au dernier moment.

Nous mangeons le fenouil et les oranges. Nous nous montrons raisonnables avec le poisson et son sel. Nous sommes plutôt absorbées par la conversation. Pour une fois, Juliette nous déballe les détails de ses nombreux rendez-vous avec un amant. Un jeune homme qui construisait la cuisine d'été du chalet voisin de celui de sa mère et de son beau-père.

— J'adore l'odeur du bois maintenant. Je trouve ça puissamment érotique. Et vous savez quoi ?

Elle n'attend pas de réponse de notre part. Elle veut juste remettre une couche de vernis.

— Je l'ai fait dehors, sur la galerie. Souvent.

Comme révélation, on imaginait plus puissant. Assez inoffensive, cette galerie. Simplement, il nous manque des détails. Comme le fait que ladite galerie est située à quelques mètres du chalet familial. Et que Juliette prenait plaisir à retrouver son menuisier en plein jour, tandis que ses parents jardinaient tout près. Ils auraient pu l'entendre. La surprendre.

— C'est déviant, non ?

— Excitant surtout ! Je me sentais comme une adolescente. Ils étaient vraiment à quelques pas.

Je ne suis pas psychologue, mais l'excitation d'être surprise tandis qu'on se fait prendre par un amant de passage me semblait riche de significations. Il y avait sûrement deux ou trois pistes à défricher.

— Ils t'ont entendue, tu crois ? demande Lili.

— Non, et c'est ce que j'aimais. Il me plaquait sa main sur la bouche pour m'éviter de gémir trop fort. En silence, ça pimente le jeu.

— J'aime bien la main sur la bouche. Autour du cou aussi, me faire étrangler juste un peu, intervient Alex.

— Moi aussi. Mais avec un amoureux seulement, sinon ça fait peur. Ça m'est arrivé avec un gars que je ne connaissais pas. J'ai regretté d'être dans son appartement…

— T'as fait quoi ?

— Rien. Il a arrêté quand j'ai fait semblant de jouir.

Pour en revenir aux confidences de Juliette, elles me laissent perplexe. Elle compte revoir son ébéniste. Il ne lui fera pas de tête de lit, ni de table de cuisine où il pourrait la prendre tandis que ses parents seraient au salon. Elle a envie d'en profiter. Simplement.

Il reste du saumon fumé dans le plat. Notre hôtesse fait de Kim la coupable. Elle nous a brimées dans notre envie, notre gourmandise.

— Juré, je m'abstiens de compter, promet Kim, qui se sert le dernier morceau. Je ferai du calcul mental, en silence. Par contre, c'est bon de calculer ses calories. J'ai une super application sur mon iPhone.

Lili réplique que c'est aliénant de toujours penser aux calories. De comptabiliser chaque bouchée qu'on avale. La vie est trop courte pour ne pas goûter bon. Elle a une façon toute simple de voir les choses. Elle ne se prive de rien. C'est maintenant à son tour de se confier sur cet été qui s'achève.

◆

— Ça coûte combien, un *lifting* du double menton ?

La question vient de tomber comme un coup de masse sur chacune de nos têtes. Lili vient à peine d'effleurer le nouveau défi professionnel qui l'attend que nous revenons à la case départ. Alex ne participait plus à la conversation depuis quelques minutes. Dans son silence, elle s'imaginait sur la table d'opération. Elle se voyait le menton bien tiré. La tête penchée vers son ordinateur, son miroir, satisfaite de l'image qu'il lui renvoie.

Juliette la ramène dans le droit chemin.

— On ne parle plus d'opérations et de nos complexes ce soir. C'est clair ?

— C'est seulement une question. Kim doit connaître la réponse.

— Je ne suis pas une spécialiste, mais sûrement quelques milliers de dollars.

Je mentionne que c'est assez vague, des milliers de dollars. Et que ce soit quatre ou sept mille, quel voyage elle pourrait se payer !

Elle a trente-deux ans, elle ne va pas commencer à se faire retoucher. Sinon elle en a pour les quarante prochaines années. Et le monde est si grand. Il y a tant à voir !

— C'est vrai que tu pourrais faire un tas de choses, nuance Lili. Moi, je te trouve belle.

La notion de complexe échappe à Lili. Elle a le don d'être bien dans son corps, dans sa tête et dans sa vie. Le simple fait d'être en santé, de pouvoir courir trois fois par semaine, d'en revenir l'hiver avec les joues vermeilles lui suffit. Pourtant sensible, elle ignore ce que c'est de ne pas s'aimer. D'en souffrir. De fixer toute son attention sur le défaut, le détail qui n'en est plus un, à chaque passage devant un miroir. Elle a raison. Alex est belle. Et elle a aussi un double menton.

Une partie de moi la comprend. L'autre veut rendre justice au repas de Juliette, qui arrive avec un immense plat qu'elle dépose au centre de la table. S'excusant d'avoir préparé des pâtes. Avec ironie, elle promet qu'elle ne recommencera plus. La prochaine fois, elle servira du kale, du tempeh grillé. Et des radis, ils sont excellents pour la peau.

— Mais là, désolée, vous en avez pour mille calories chacune. Tu peux l'inscrire tout de suite dans ton application, Kim.

J'accueille les pâtes avec entrain. Lili aussi. Alex regarde Kim, sans trop savoir quoi faire. J'en profite pour me servir un autre verre. Autant de calories qu'une tranche de pain.

— Plus la peine de s'inviter à souper, si on commence à calculer tout ce qu'on consomme. On ira marcher ou courir la prochaine fois ! s'offusque Lili.

Les pâtes sont délicieuses. Je ne me prive pas. Ni de pâtes, ni de dire ce que je pense.

— Sérieusement, vous êtes lourdes, toutes les deux.

— Lourdes ?

— Pas moyen de changer de sujet. Tu veux connaître mes complexes, Alex ? Mes taches sur les bras, dans le visage ? Tu veux que Juliette te raconte comment elle s'est sentie la première fois qu'elle s'est mise à poil devant son nouvel amant ? Je suis certaine qu'elle était gênée. Qu'elle ne se trouvait pas assez belle. Comme nous toutes !

Mon semblant d'autorité agit mieux sur mes amies que sur mes enfants. Dans un silence attentif, Juliette raconte que, oui, elle était gênée. Pour ne pas le décevoir une fois nue et en pleine lumière, elle a déballé tous ses défauts à son amant. Ses fesses plates. Ses seins trop petits.

— Te faire grossir les seins, tu n'y as jamais pensé ? demande Kim.

— Non, ça va. Pas jusqu'à me faire opérer. En plus, il faut les changer aux quinze ans... Moi, c'est mes orteils que je couperais !

Oui, elle a même parlé de ses orteils à son menuisier. Les deuxièmes sont beaucoup plus longs que les autres. Et comme certains hommes adorent les pieds, elle a voulu le préparer psychologiquement.

— Le préparer psychologiquement à tes orteils ?! je m'exclame.

— Un homme ne remarque pas nos défauts. C'est seulement lorsqu'on lui fait la liste de toutes nos failles qu'il les voit. Tu aurais dû te taire, dit Alex, qui oublie subitement son double menton.

Elle a raison. Moi, je me tais. Il ne me viendrait pas à l'esprit de faire l'inventaire de mes complexes juste avant de faire l'amour la première fois. Pour justifier ses confessions, Juliette se déchausse.

— Juliette, on mange ! je lance, comme une mère.

Et elle pose ses pieds sur moi, bien en vue. Décidément, elle se révèle beaucoup ce soir. Et ignore mon dédain pour cette extrémité du corps. Je m'écarte.

— T'as un problème ?

— Un, on est à table. Deux, les pieds que tu viens de mettre sur moi. Ne le prends pas personnel. Pour moi, tous les pieds de la planète sont laids. Sauf ceux des bébés.

Elle poursuit sa démonstration en nous présentant son pied grec. Ce deuxième orteil, plus long que tous les autres, qui l'empêche de porter des sandales l'été. Qui l'oblige à prendre une demi-pointure de plus, juste par sa faute.

Kim reproche à son tour à Juliette d'en avoir parlé avec son menuisier avant même d'avoir couché avec lui.

— On garde nos complexes pour nous. Toujours. Et pour les seins, les prothèses, on ne les sent pas autant que tu le crois, annonce Kim. Tu veux toucher ?

Les pâtes sont oubliées. La scène qui suit est irréelle. Elle se déroule trop rapidement et dans un silence où chacune de nous tente d'enregistrer le spectacle inattendu auquel elle assiste. Kim détache son chemisier. Nous tend sa poitrine, à travers un soutien-gorge léger.

— Toi ?

— Depuis quand ? On se connaissait ou pas ?

— Tu l'as jamais dit !

— Ç'a fait mal ?

À la manière de médecins, nous tâtons tour à tour les seins refaits de Kim. La sublime. Qui nous a toujours caché cette opération franchement réussie. D'habitude, j'ai l'œil pour repérer le moindre coup de bistouri chez les autres. On a l'impression qu'ils sont naturels. Elle n'a pas abusé dans la taille. On reste quand même étonnées. De la chirurgie et surtout de son coût. Elle a dû négocier.

Après l'examen – et la conclusion que les seins de notre amie sont très agréables au toucher –, Alex se ressert un verre de vin. Cent vingt-cinq calories. Juliette et Lili aussi. Kim s'en verse un plus généreux encore, qu'elle oublie d'inscrire dans son application.

◆

J'ignore si c'est la peur du scalpel ou la conviction profonde qu'une opération, ça se passe quand tu vas mal, très mal, mais je redoute les chirurgies. Même celles pour gonfler les seins, remonter un coin de visage, relever la paupière.

Par contre, en voyant les seins de Kim, j'ai eu envie d'une poitrine juste un peu plus généreuse, défiant gravité et maternités. Mes seins n'ont jamais attiré l'attention. Ni suscité l'envie. Le lendemain de ce souper, j'ai fait la liste, crayon à la main, de tout ce que je modifierais chez moi. De haut en bas, sans rien négliger. Il y en avait à tous les étages. Je garde pour moi les résultats de cette entreprise de rénovation.

Au bout de dix minutes d'une inspiration étonnante, j'ai regardé la feuille, tout ce que j'y avais inscrit. D'un point de vue strictement financier, avec une telle somme, j'arrivais à couvrir les frais de scolarité des enfants jusqu'à la fin de l'université. Maîtrise comprise. Même les études à l'étranger.

Le coût approximatif, parce que je n'avais pas poussé les recherches et que Kim, la spécialiste des chiffres et des chirurgies secrètes, n'était pas à mes côtés, semblait énorme. Indécent selon mes revenus.

À la limite, il y en avait suffisamment pour une mise de fonds sur une petite maison de campagne. Que je n'avais pas encore trouvée, mais dont je rêvais. Je me suis vue en train de travailler dans un jardin, me faire des bouquets, planter des framboisiers parce qu'ils évoquent mon enfance, mon père. J'ai imaginé une grande table, des plats cuisinés que j'y poserais pour que la famille, les amis se servent, une fois, puis deux fois. Par gourmandise. Et ça m'a frappée.

Avec des seins qui pointent vers le ciel, un ventre qui aurait effacé jusqu'à la dernière trace de maternité, de la fierté que j'ai eue à porter deux enfants merveilleux. Avec des bras qui ne flottent plus au vent lorsqu'on salue au passage, est-ce que j'y serais plus heureuse ? J'en ai douté.

Je n'étais pas sans défauts. Vraiment pas. Je n'étais plus jeune, non plus. Et après ? Je me suis souvenue que je n'avais jamais, de toute ma vie, porté de bikini. De l'adolescence à aujourd'hui, j'ai toujours opté pour le maillot une pièce. Celui qui couvre le ventre. Parce que je me trouvais grosse.

Je suis récemment tombée sur une photo de moi il y a vingt ans. Vêtue de mon maillot une pièce. Sur cette photo, il y a une jeune femme qui n'aurait jamais dû avoir d'inhibitions. Elle aurait dû porter ce qu'elle voulait, elle avait le corps pour le faire. Et ce ventre, et ces cuisses – trop grosses, qu'elle disait –, j'ai beau les observer d'un œil critique, elle aurait dû les aimer. La jeune femme sur cette photo ne savait pas.

Je regrette ces complexes. Je réalise que, dans vingt ans, lorsque je regarderai des photos de moi aujourd'hui, je le regretterai aussi. Et je sourirai de cette liste de grands travaux que j'avais, l'espace d'un matin, rêvé d'entreprendre.

Mémé au spectacle

Nous nous sommes rencontrées grâce à elle. Elle était au cœur de ce projet de télévision. Nous avons croisé des milliers de personnes qui l'aimaient. Qui lui laissaient une belle place dans leur vie. Elles rêvaient d'être entendues à leur tour. La musique nous a accompagnées pendant des saisons. Dans les locaux des auditions, les salles de spectacle, les couloirs des répétitions. Dans les bars où nous allions. Puis dans les autobus, tandis que nous roulions des heures et des heures.

Encore aujourd'hui, elle est présente lors de nos soupers. Elle révèle une part de ce que nous sommes. Nos goûts divergent, mais nous arrivons toujours à tomber sur un ou deux albums qui font l'unanimité. Sur quelques chansons où l'on s'époumone en chœur. Surtout en fin de soirée.

Les filles apportent leur musique lorsqu'elles viennent à la maison. J'en manque dans ma vie. J'ai toujours apprécié le silence. Dans la voiture, mon refuge. En écrivant. Une fois les enfants partis pour l'école. J'en ai besoin, de ce silence. Il m'apaise.

Je peux être muette pendant des heures. Des jours même. Sans angoisse. Sans vide. Sans répondre au téléphone. Je le réalise seulement lorsqu'en entrant dans une boutique, en croisant quelqu'un par hasard, je m'entends répondre. Trop fort. Lancer à haute voix, pour la première fois depuis des jours, une salutation qui n'a pas encore testé sa puissance. Oui, je crie de ne pas avoir assez parlé.

Chacune arrive avec son coup de cœur du moment. Le groupe à découvrir. L'artiste qui nous emmène ailleurs. Elles sont fortes, mes amies, en la matière. Elles m'ouvrent à des styles musicaux éclectiques, sans préjugés. Des compilations des années 1950 à Pearl Jam, en passant par Elvis, Arcade Fire, Daran, Radiohead et tous les autres. On a chanté, dansé avec eux.

À nos premières années de Gonzelles, les plus récentes avancées technologiques nous permettaient de graver nos propres disques compacts en y mettant la musique qui nous ressemblait. La révolution ! Alex et Juliette étaient les plus avant-gardistes en la matière. Elles savaient vous pondre la trame sonore idéale. Pour les vacances. Pour la route. Pour nos soupers. Et pour les hommes qui traversaient leur existence. Alex était de loin la plus experte.

Au premier rendez-vous, elle parlait musique. Au deuxième, elle interrogeait le *prospect* sur ses préférences musicales. Au troisième, elle offrait un disque gravé. Élaboré spécialement pour l'amoureux du moment. Elle l'ajustait aux goûts de l'autre tout en conservant quelques classiques qui ne laissaient planer aucun doute sur ses intentions. De quoi surprendre et exciter le candidat.

Fais-moi mal, Johnny était l'un de ces incontournables. Évocateur. De quoi donner des idées même au moins déluré. Alex la présentait à chacune de ses conquêtes.

Fais-moi mal, Johnny, Johnny, Johnny,
Envoie-moi au ciel, zoum !
Fais-moi mal, Johnny, Johnny, Johnny,
Moi j'aime l'amour qui fait boum !

— Tu n'as pas peur ? Ça envoie de drôles de signaux, je trouve…

Elle était belle, attirante. Elle n'avait pas besoin de plus. Encore une fois, je passais pour une mère poule, hors de son époque.

— Il n'y a rien à déchiffrer. Ce n'est pas un message que j'envoie. Juste une chanson que j'aime.

— As-tu écouté toutes les paroles ?! Il lui laisse une épaule démise et des bleus plein les fesses. Sérieux, sois honnête. T'imagines vraiment que ton amant ne voit pas tous ces flashs-là en l'écoutant ?

Elle en rajoutait un peu. Elle les titillait encore avec le *Je t'aime... moi non plus* de Gainsbourg et Birkin. Qui vont et qui viennent entre leurs reins... Et qui soupirent. Et jouissent. De la dynamite. Une invitation sans détour. Elle le savait. Et ça fonctionnait. Elle aimait le danger, Alex.

◆

Une fois, nous sommes allées toutes les cinq à un spectacle. Je m'en souviens. Mes mollets aussi. La salle était pleine. Le public, envoûté par ce chanteur qui ne voulait pas être de charme, mais qui nous faisait toutes craquer. Par son talent, sa voix, sa manière d'être sur scène.

— Il doit bien faire l'amour, a statué Kim.

— J'en suis certaine, a secondé Lili.

— Il couche avec plein de filles, a balancé Juliette.

Elle avait travaillé avec deux des musiciens qui se trouvaient sur la scène. Les rumeurs, dont je me méfie toujours, en faisaient un amant généreux au rythme des tournées. Elles étaient fondées, selon elle.

— C'est n'importe quoi, ai-je dit.

— Mais il est marié… a tenté Lili.

— Les filles l'attendent à la sortie. C'est trop facile pour lui.

— Ça se fait encore aujourd'hui ? se décourageait Kim.

— Tu crois que c'est la même chose pour une chanteuse ? Les gars font la file devant sa loge ?

Le spectacle était envoûtant. Le public chantait juste un peu trop fort autour de moi. J'aurais aimé entendre l'artiste. Préféré aussi que le plancher de la salle, un ancien théâtre dont on avait retiré tous les fauteuils, soit plat. Bien lisse.

Ça semble anodin à vingt ou trente ans. À quarante, ce ne l'est plus. Trois heures debout sur un plancher en pente, ça devient nettement inconfortable. Pénible, si je suis honnête. Et même si tu veux échapper aux petits exercices d'étirement, tu n'as pas le choix. Discrètement, j'ai fait des rotations de chevilles. Je me suis levée sur la pointe des pieds, pour mieux revenir sur le sol. À la fin de la soirée, j'ai même osé des cercles prudents des hanches.

— Tu fais la technique Nadeau ?!! a hurlé Kim en plein rappel.

J'étais démasquée. Prise en flagrant délit d'une quarantaine qui se faisait sentir sur mon corps.

— J'ai mal partout.

— Attention à vos hanches, mémé. On vous sortira plus… elle a répliqué d'une voix chevrotante.

Je suis rentrée à la maison, j'ai surélevé mes jambes contre le mur. J'ai pris un bain au sel d'Epsom, j'ai bu une tisane. Et je me suis endormie. Vidée. Les oreilles encore bouchées. Je n'ai même pas rêvé au chanteur.

Le lendemain, mémé avait les mollets en béton. Heureusement, Alex m'a fait parvenir les photos prises durant le spectacle. Les deux bras dans les airs, les cheveux en plein visage, j'affiche un sourire qui appelle le bonheur. J'ai l'air de tout sauf d'une mémé. C'est bien, le silence. Mais la musique, c'est bon.

Plancher en pente ou non.

Marilyn, l'incomprise

J'ai longtemps cru que Lili avait un talent naturel pour le bonheur. Qu'elle était de ces femmes à la chimie équilibrée. Qui sautent la malédiction des hormones qui s'emballent juste avant les règles. Qui plus tard surferont, sans bouffées de chaleur, sur les vagues implacables de la ménopause. Lors de tous ces soupers, j'étais certaine d'avoir à mes côtés une indomptable romantique, trop sensible, mais aussi éclatante, sereine. Née sous une bonne étoile. Dont la marraine avait été fée dans une autre vie. J'ai toujours éprouvé une grande affection pour cette amie qui trouve sa joie en toute chose, sans effort. Je me gourais. Totalement.

J'étais pourtant bien placée pour savoir que l'image que les autres ont de nous est parfois à des constellations de ce que nous sommes vraiment. Je suis de celles qui cachent la tristesse. Qui abusent de « la vie est belle ! » quand tout va bien. Devant un paysage, un spectacle qui m'émeut, je deviens l'insupportable. Celle qui va répéter dix fois, vingt fois et plus encore combien c'est beau. « Prends des photos dans ta tête ! » « Ferme les yeux, écoute, c'est encore meilleur ! » Puis, quand ça va mal, même très mal, je persiste. Comme un réflexe, je souris. Plus grand encore. Je montre toutes mes dents. Mes pommettes explosent d'une joie inventée. Et je clame que tout va bien. Avec le souhait – et la nette impression – qu'on y croira. Pourquoi serait-ce différent pour ma tendre amie ?

Ce soir, nous sommes invitées chez Lili, qui a reçu pour ses trente ans… un condo. (Il y a les fées marraines, mais aussi les parents qui veillent généreusement sur leur fille unique.) Je m'attends à un repas délicieux, les petites assiettes dans les grandes, des fleurs sur la table, des serviettes de lin. Et à une soirée sans histoires, joyeuse. Notre amie a un sens de l'humour particulier, dont elle n'est pas entièrement consciente. La trentaine ne l'empêche pas de nous faire sourire par sa manière, délicate et naïve, d'interpréter les choses.

Au concours de Miss Univers, dont la disparition prochaine ne m'étonnerait pas, elle lâcherait de manière convaincante que son plus grand rêve, c'est la paix dans le monde. Elle voudrait que toute la planète soit heureuse. Elle l'affirmerait avec une sincérité si forte que même les juges, qui ne peuvent plus supporter cette réponse, auraient envie de croire à un monde meilleur.

Je n'ai alors jamais vu l'intérieur du cadeau d'anniversaire de notre rêveuse. Je l'imagine aux couleurs saturées avec des décorations un peu rétro. Lili s'habille dans des friperies, aime le *vintage*. Contrairement à Kim, ce n'est pas pour économiser. Elle cultive un style bien à elle. Je présume qu'il s'étend aux pièces qu'elle habite.

En frappant à sa porte, je m'attends à la voir apparaître portant un tablier imprimé de cerises ou de fraises des champs. J'ai presque tout bon. Elle a mis une petite robe boutonnée à l'avant et, par-dessus, un tablier sans fruits, mais à pois. Tout droit sorti des années 1950.

J'ai aussi vu juste en ce qui concerne la décoration. Lili ne redoute pas la couleur, l'éclat sur les murs. Avec l'assurance de son goût, même la tapisserie et les tasses de thé suspendues dans l'espace font sourire. Notre amie a un talent pour les belles choses.

Les autres arrivent. Lili nous sert le *drink* de la soirée, une mixture rétro.

— C'est un Marilyn Monroe, annonce-t-elle, enjouée.

— Et c'est quoi ? interroge Alex.

— Champagne, brandy et grenadine !

— J'ai vu sa photo dans l'entrée. C'est une de tes idoles ? lance Juliette, perplexe.

— Oui, c'est même *mon* idole. La seule, déclare celle qui voudrait la paix dans le monde.

— Marilyn Monroe ?

— Tu trouves qu'elle a du talent ? Vraiment ? la défie Kim.

Nous nous dirigeons sur un chemin glissant. Alors, je fais diversion.

— Du brandy avec du champagne ? Sérieux, je n'ai jamais bu de brandy de ma vie.

— Tu peux me nommer deux films dans lesquels elle a joué ? s'y remet Kim.

Elle, comme toutes les autres, se fiche éperdument du brandy que je m'apprête à boire pour la première fois.

Lili ne se laisse pas démonter.

— *Certains l'aiment chaud. Les Désaxés, Le Milliardaire* avec Yves Montand, *Quand la ville dort.* Ça te suffit ? T'en veux d'autres ? Vous en avez déjà regardé un seul ?

Oui, elle a vu les films. Et s'est intéressée à la vie de la pulpeuse actrice. Elle a lu ses écrits, ses poèmes, d'une grande qualité à ses yeux. Et elle part dans une tirade poignante. Elle a percé le malheur qui habitait cette femme, dont tout le monde s'est servi. « Même le président des États-Unis et son frère ! » Elle s'emporte. Si elle l'avait connue, Marilyn aurait été touchée par notre copine.

— Qu'est-ce qu'ils te font, ses poèmes ?

Il n'y a pas de piège. Ma question est sincère. J'aime les mots, la poésie, et je m'intéresse aux émotions de mon amie.

— Marilyn Monroe n'a jamais été comprise. Ni même appréciée à sa juste valeur. Sous des airs d'ingénue, elle cachait plus que des blessures et de la tristesse. C'était une vieille âme.

— Une vieille âme ?! lâche Juliette.

— Mais ça veut dire quoi, une vieille âme ? s'exaspère Kim.

— Et ça te rejoint ?

Alex débarque dans la conversation. Elle était absorbée par sa contemplation des tasses suspendues au-dessus du comptoir de la cuisine. Jolies, flottant dans l'espace. Un peu dérangeantes, il est vrai. Je suis surprise qu'elle n'ait pas déjà entrepris un ménage. Un réaménagement pour que l'ensemble soit encore plus harmonieux.

— Si elle était née aujourd'hui, on la comprendrait mieux. Elle aurait des thérapeutes, des psychologues pour l'aider. Pas seulement des pilules, des somnifères, avance Lili.

— Alors, on le boit, ce Marilyn ? je tente.

— À nous toutes ! s'exclame Juliette.

— À ton invitation. À ton condo, Lili !

— À la fidélité des présidents américains ! se sent le besoin de conclure Kim.

◆

En me rendant à la salle de bain, je traverse le condo de mon amie. Elle est gâtée. J'ai treize ans de plus qu'elle, deux enfants, et je suis toujours en appartement. Je ne possède rien. Ni maison ni condo. Une voiture en garde partagée. Ce n'est pas de la jalousie, seulement une pointe d'envie. À peine mal placée.

Devant les deux lavabos (merde, elle est seule !) et un miroir immaculé, sans traces de doigts comme chez moi, je lutte contre l'envie d'ouvrir la pharmacie. Une mauvaise habitude dont je ne me guéris pas. Puis, je ne résiste plus. Et j'y découvre la collection de Chanel *N° 5* de mon amie. Celui dont Marilyn a été la porte-parole sans le chercher. Épuisée par tant de questions futiles, elle avait un jour déclaré « Chanel *N° 5* » à un journaliste qui lui demandait ce qu'elle portait la nuit… Petits formats, grands formats, vides ou neufs, les flacons aux lignes épurées s'affichent dans toutes leurs déclinaisons. Par dizaines. Une véritable collection. Soigneusement rangée. Cachée.

Lili est vraiment fascinée par l'actrice-poète.

◆

— Les filles, qu'est-ce que vous portez comme parfum ? je questionne, de retour au salon.

Kim n'en porte pas. Elle n'en ressent pas le besoin. Je soupçonne qu'elle juge la dépense inutile. Juliette possède un parfum pour les femmes de tête, soutient-elle sans complexes. Elle a changé après sa rupture. Le parfum que son amoureux lui avait offert a été jeté le jour même de son départ. Elle a aussi balancé tout ce qui appartenait à son ex. Dans les vingt-quatre heures. Juliette a une manière bien à elle de gérer sa vie comme les plateaux de tournage. Investie, mais en sachant que dans six mois, un an, tout sera fini. Alors, elle y met son cœur. Un morceau seulement. Il n'y a que pour Mistral, son chien, que son amour est indéfectible.

Alex sourit. Elle porte quatre parfums, selon ses humeurs. Un plus joyeux, citronné, pour l'été. Un autre pour l'hiver, plus capiteux, plus enveloppant. Et un tout spécial pour les soirs de conquête.

— Dis-nous lequel. On veut savoir.

Elle laisse attendre sa réponse. Dans les faits, elle en possède deux. Ils enchantent les hommes, à en croire son expérience. *Amour* de Kenzo, *Insolence* de Guerlain.

— Merde, tu ne te prives pas, siffle Kim.

— Tu ne crois pas que c'est trop ? C'est pas de l'infidélité, autant de parfums ?

Lili semble perplexe. Je lance innocemment :

— Et toi, Lili ?

— Chanel *N*° *5* !

Elle tend le bras pour que je le sente. Il lui va bien, je le concède.

— C'est un classique. J'ai l'impression d'être une grande personne !

Comment ne pas aimer tendrement cette amie ? Elle n'a pas à devenir une grande personne. En flottant toujours, elle quitte la pièce, tandis que nous buvons la potion trop sucrée de Marilyn. Elle revient, souriant comme une gamine, une boîte pleine d'enveloppes dans les mains.

— Tadam ! Je vous ai préparé des lettres !

Il nous faut quelques secondes pour assimiler. Pour absorber ce retour direct, sans escale, à l'adolescence. Où nous étions étrangères. Kim échappe un « Putain, je rêve ! » qui passe près de tout gâcher. Juliette fait l'effort d'être ravie. Alex, sincère, sauve la situation.

— Une lettre pour les mauvais jours ! Lili, c'est gentil !

— Je les ai écrites à la main. Si un jour vous n'allez pas, je veux être là pour vous dire tout le bien que je pense de vous. Moi, je rêve d'avoir une collection de ces lettres, explique Lili.

En cet instant précis, elle me fait penser à ma fille de douze ans.

— Toi ?!

— Lili, tu vas toujours bien, non ? Tu ne marches pas, tu flottes en permanence des centimètres au-dessus du sol. C'est vrai, tu planes !

Nous nous étonnons. Sans savoir pourquoi, sûrement à cause du manque, je pense immédiatement au sexe. À toutes ces femmes à l'air sage et coincé qui, dit-on, se métamorphosent dans un lit. Je présume qu'en matière de bien-être il ne faut pas plus se fier aux apparences.

— Tu es lumineuse. Tu éclaires tout sur ton passage, admire Kim. Tu as toujours les bons gestes, les bonnes paroles.

Elle a beau souhaiter la paix dans le monde, croire que Marie-Antoinette a été pendue, notre amie nous regarde, découragée. Comme si nous étions débiles.

— On se voit une fois aux trois mois ! Ce n'est pas ce soir-là que je vais me laisser aller, que je vais afficher mes états d'âme ! Je ne dis pas que je suis malheureuse. Seulement, la vie est injuste, pour les autres surtout. Je suis trop sensible à ce qui m'entoure.

Juliette ne comprend pas. Kim non plus.

— Qu'est-ce qui t'entoure, exactement ? Parce que moi, je t'envie…

Ça me soulage de ne pas être la seule à éprouver ce sentiment peu glorieux. Lili ignore sa chance. Mais il n'est pas question de son appartement. De la vie en général plutôt. Du documentaire qu'elle réalise en ce moment. Certains soirs, elle rentre du tournage en pleurant. Elle ne peut pas croire qu'on oublie autant les jeunes. Ni se rentrer dans la tête que des enfants n'ont jamais entendu leur mère, leur père leur dire qu'ils les aiment. C'est ce qui la rend malheureuse. Pour son prochain contrat, elle veut une émission de cuisine, de musique. De curling, même ! Au départ, ce projet l'emballait. Vu sa nature profonde, il est incompatible avec son émotivité.

— Tu as ta réponse, la calme Juliette. La prochaine fois, travaille sur une émission plus légère. Tu es trop sensible à la misère des autres.

Justement, elle ne veut pas devenir une sale égoïste. Avoir la tête dans le sable, qu'elle nous lance, exaspérée. Mais elle n'arrive pas à faire face.

En ce moment, tout se joue. Soit nous en avons pour la soirée et ça se termine dans les larmes, soit nous abordons le sujet sous un autre angle. En oubliant l'égoïsme inventé de Lili. Cette bifurcation subtile, c'est ma spécialité. J'y arrive une fois sur deux. J'ai échoué déjà avec le brandy, je compte lancer quelque chose qui va la saisir. Alors, je pense à la star.

— Marilyn Monroe aurait aimé travailler sur l'émission, tu crois ?

Lili, la lumineuse, s'illumine.

— Tellement ! Vous savez, elle a été abandonnée par sa mère schizophrène. Puis placée à l'orphelinat. C'est certain qu'elle aurait apprécié. Elle avait un grand cœur. Elle aurait compris mieux que moi ces enfants mal-aimés. Ils se seraient facilement livrés à elle! qu'elle s'enflamme.

— Lili, j'ai l'impression que tu me fais l'éloge de mère Teresa, observe Juliette.

— Pas d'une *bleachée* qui a couché avec plein d'hommes mariés. Pas d'une paumée qui avait un faible pour les résidents de la Maison-Blanche, ne peut retenir Kim.

Elle en fait une fixation ou quoi? Dans le rayon des réalités qui frappent, elle ne donne pas sa place. À sa décharge, il faut dire qu'un peu plus et notre hôte s'apprête à nous convaincre que Marilyn Monroe devrait être canonisée.

— Elle n'était pas toujours au lit! Elle aurait dû être soignée. Personne n'a jamais respecté ce qu'elle faisait. Sauf Joe DiMaggio. C'est le seul homme qui l'a vraiment aimée. Imaginez, pendant vingt ans, il a fait porter un bouquet de roses rouges sur sa tombe. Toutes les semaines! Même s'ils étaient divorcés!

— On le sait. Tu nous l'as déjà répété, Lili.

— C'est une obsession, tranche Kim.

Notre hôte oublie son chagrin. Les roses qu'elle rêve de recevoir lorsqu'elle sera six pieds sous terre. Elle ne se soucie plus des lettres d'encouragement dont elle aurait besoin certains soirs. La voilà qui cherche dans sa bibliothèque les carnets intimes de la star. Elle nous en lit un extrait, avec une voix devenue grave. Bien loin de l'allégresse.

— « Je pense que j'ai toujours été profondément effrayée à l'idée d'être la femme de quelqu'un car j'ai appris de la vie qu'on ne peut aimer l'autre, jamais, vraiment. » C'est quand même pas une truite qui a écrit ça ! Elle livre tout dans quelques lignes. Elle ne sait pas aimer, ne l'a jamais su, parce qu'elle ne l'a pas appris.

Juliette est sonnée.

— Lili, tu me scies. Tu es une vraie fan…

Elle nous explique que ça ne se glisse pas facilement dans une conversation. Puis qu'elle n'est pas la seule à avoir une idole. Kim, sur sa page Facebook, a toujours des images des films de Godard. « C'est sûr que pour les intellos ça paraît mieux que des photos de Marilyn. » Et Alex abuse des citations. Celles de Cocteau surtout.

— Une fois par mois, t'en affiches une. Ça aussi, ça paraît bien.

Lili est cruellement consciente de ne pas avoir choisi la plus tendance des idoles. Elle aussi peut aller sur Internet et inscrire une citation de Cocteau. Chaque jour si on le désire ! Idem pour les captures d'écran de tous les films de Godard. Mais ça ne l'allume pas. Et, en ne flottant plus au-dessus du sol, elle quitte la pièce pour revenir avec son ordinateur portable qu'elle pose sur la table.

Lili en colère, ça, c'est une première. Si un jour elle me défend aussi bien qu'elle protège Marilyn, je n'ai plus de soucis à me faire. Elle tape quelques mots et redresse la tête fièrement.

— Tiens, première citation du grand Cocteau: « Les miroirs feraient bien de réfléchir un peu plus avant de renvoyer les images. » Bravo, le génie, c'est édifiant ! Tiens, une autre…

Elle ne se démonte pas.

— « Les rêves sont la littérature du sommeil. »

Personnellement, j'aime bien cette dernière, mais je reste muette. C'est préférable.

— Et puis celle-là, toi, la spécialiste, tu vas me l'expliquer parce que je ne la comprends pas encore.

— Calme-toi, souffle Alex.

— Alors explique-moi cette phrase brillante: « Trouver d'abord, chercher après. » Tu vois, j'ai beau tourner la phrase dans tous les sens, je ne trouve pas. Mais je cherche !

— Il a écrit plein de belles choses. Tiens, il y en a une qui te plairait. Je m'en souviens par cœur : « Sur certaines femmes, les plus belles perles deviennent fausses. Par contre, sur d'autres, les perles fausses paraissent véritables. » Ne viens pas me dire que ça ne te touche pas. Même ta Marilyn aurait aimé ! insiste Alex.

Elle demande à Lili d'assumer ses choix. Elle se fout de savoir si elle est intello ou non. Pour le moment, c'est Cocteau qui l'inspire. Elle ne cherche pas plus loin.

— Mais admets que ça paraît mieux que Marilyn.

— Je n'admets rien. Et pour Marilyn, je ne connais ni son œuvre ni son histoire. Ses écrits, je suis certaine que c'est bien aussi. On fait la paix ?

Elle lève son verre. Notre hôte aussi.

— Tu me jures de lire ses poèmes ?

— Oui, promis.

— Et le *drink*, je vous en sers un autre ?

Comment refuser en ces instants de réconciliation ? Juliette ment et dit que c'est délicieux. Kim oublie de compter les calories et acquiesce.

Merde. Il est imbuvable, ce *drink*. Trop de grenadine, pas assez de champagne. Et le brandy que je n'arrive pas à déceler. La paix a un prix. Et nous boirons deux fois plutôt qu'une à la mémoire de Marilyn. Cette incomprise.

À la manifestation

On ne rêvait pas de révolution. Seulement, Lili insistait. Elle avait cette manière de le faire en douceur, avec une telle finesse qu'on ne pouvait pas lui résister. Même si la manifestation s'écartait de nos soupers.

Le gouvernement annonçait des coupes indécentes dans les revenus d'aide sociale. Les jeunes, ceux qu'elle avait notamment suivis pour son documentaire, recevraient à peine plus de quatre cents dollars par mois. Ça n'avait aucun sens à ses yeux. Pour Lili, si on se retrouve à la rue, si on quitte sa famille, sa région sans avoir de plans précis, si on abandonne tout derrière soi, sans réseau pour nous accueillir, sans travail, c'est qu'on a d'excellentes raisons de tout quitter. De se sauver de l'intolérable. Elle était indignée par le sort qu'on réservait à ceux qui rêvaient encore de mieux. « Même si le rêve, ce n'est pas la première chose qu'on leur a apprise. »

— T'imagines, vivre avec un peu plus de quatre cents dollars par mois ? C'est du mépris. Comment le gouvernement s'imagine qu'ils vont y arriver ?

Une manifestation était organisée pour dénoncer ces compressions. Leur indécence. Elle nous avait invitées. Plus qu'invitées, pour être franche. Nous n'avions pas le choix. Nous devions être présentes et partager sa colère.

Les enfants étaient avec moi cette fin de semaine-là. Ça ne me permettait pas de faire faux bond.

— Qu'ils viennent ! Ça sera une première expérience.

— Si ça dégénère ? S'il y a de la casse ? Une émeute ?

— Une émeute ? Impossible. Ce sera pacifique. C'est organisé par les groupes communautaires. Et on termine avec un pique-nique pour tout le monde !

Elle m'avait convaincue. Ma fille et mon fils étaient franchement excités de participer à leur premier acte de rébellion public. À l'idée de faire la connaissance de ces amies qu'ils n'avaient jamais rencontrées. Juliette est venue me rejoindre plus tôt. Un peu figée, elle s'adressait aux enfants comme à des adultes. Ce qui me convenait. Mais elle manquait de douceur. Elle donnait ses instructions, en oubliant qu'elle n'était pas sur un plateau de tournage. Et ne s'adressait pas à une équipe de techniciens. « Fais attention, tu dois écrire sans fautes. Tu veux que je le dessine à ta place ? Fais tes lettres de la même grosseur. »

Sous ses directives, à quatre, nous avons bricolé des pancartes sur le droit à la dignité, sur la lutte contre la pauvreté. Mon fils, le révolutionnaire, a tenu à coller une photo de son ami le Che. Ma fille a écrit : « Non à la faim ! » avec d'harmonieuses lettres de couleur. De la même grosseur. Elle a dessiné un poing levé, qu'on pouvait bien reconnaître. Même Juliette l'a trouvé beau.

Avec nos pancartes, notre pique-nique dans mon sac à dos, nous sommes partis. Les consignes étaient très claires. Dès que ça commencerait à trop bouger, que l'on sentirait que ça pouvait mal tourner, on s'en irait. On se tiendrait par la main. Juliette prendrait ma fille. Moi, je serrerais celle de mon fils. Je le connais trop bien. Il serait tenté de rester. De participer à sa première révolution à l'extérieur de l'appartement.

En route, nous avons appris les slogans que Lili nous avait fait parvenir. J'ai demandé à notre répétitrice en chef de passer sous silence celui qui traitait un premier ministre de gros porc et qui l'invitait à se rouler dans sa merde. Nous étions excités, joyeux et prêts. Alex avait été avisée d'apporter son appareil photo. J'exigeais des souvenirs des enfants et moi pour cette grande première.

En arrivant sur le lieu de rassemblement, notre fougue a vite été refroidie. On s'attendait à des milliers de personnes pour dénoncer ces réductions honteuses. Tout au plus une centaine de manifestants étaient présents, dont une majorité avaient perdu leur enthousiasme.

— On n'est pas beaucoup, a lâché mon fils, déçu.

— Presque personne n'a de pancarte, a constaté ma fille. Je veux jeter la mienne, maman.

— Y a plus de policiers que de manifestants, a remarqué Juliette.

Lili s'est dirigée vers nous. Elle jouait la victoire. Faisait semblant que tout se passait bien. J'ai souri. Les enfants allaient l'aimer. Leur déconvenue passerait. Elle les a embrassés gentiment.

— Y a des autobus qui s'en viennent ?

— On va être plus ?

— Tu veux ma pancarte ?

Même la présence magique de notre amie n'effaçait pas l'échec annoncé.

— Les révolutionnaires, souriez !

Alex et son appareil photo nous ont surpris. Je doutais que nous ayons l'air de révolutionnaires. Mais que l'on soit cent ou cinq mille, j'ai expliqué aux enfants, ne changeait rien. On ne pouvait pas se nourrir et dormir avec si peu par mois. J'ai ajouté que, même s'il était intime, nous devions participer à ce ralliement. C'était important. Ils ont embarqué. Le groupe s'animait.

Sur deux kilomètres, nous avons marché, soulevé nos pancartes, répondu aux slogans. Il y avait autour de nous quelque chose d'émouvant dans cette solidarité que j'aurais souhaitée plus grande. Lili a pris la main de ma fille. Mon fils nous ignorait. Il défilait vingt pas devant nous, tout près des leaders de la marche. Une fois au parc, pour la finale, l'organisateur de la manifestation lui a gentiment tendu son mégaphone. Dans l'espoir d'entendre quelques phrases mignonnes, j'imagine. Mon révolutionnaire l'a empoigné avec fierté. Il tenait le mégaphone seul, sûr de lui. Avec le ton qu'il fallait, il a clamé, du fond de ses poumons et de sa voix de garçon de neuf ans, encore un peu enfantine :

— Non aux coupes ! Les gros porcs, on vous lance de la merde !!

Les gens ont ri, applaudi et crié. C'était craquant, je me suis rassurée. Ma fille m'a regardée. Sonnée. Et lui, fier de son effet, a renchéri :

— Roulez-vous dans la merde ! On veut la révolution, les gros cochons !

— Ça va, l'éducation de tes enfants ? a soufflé Kim.

— Il a dit « merde », quand même, j'ai souligné.

— Je veux l'épouser, a soupiré Lili.

— J'ai la plus belle des photos, a conclu Alex.

Ce soir, le sexe

— C’est mon karma, je pense.

Alex nous annonce que son nouvel amant a un petit sexe.

— Pourtant, je rêve d’une queue, une solide.

Kim s’apprête à prendre la parole. Nous attendons une moyenne sur la longueur, le taux de satisfaction, un chiffre. Mais non. Elle n’est pas spécialiste des données en matière de pénis. Et la taille n’est pas pour elle une priorité. Au contraire.

— Je pense que tu te trompes. Moi, j’ai connu les deux. Des petites et des grosses.

— Et des moyennes, jamais ? je tente.

— Aussi. Des circoncis, des pas circoncis, des rasés, des trop poilus, et je veux juste dire que les plus membrés sont souvent les plus paresseux.

Elle continue sur sa lancée. En affirmant, assurée, que le gars qui ne peut pas se fier à sa queue, qui te déçoit peut-être quand tu y jettes un premier regard, est le meilleur pour te faire jouir au premier toucher.

— Il se donne plus. Il t'embrasse, te caresse, te souffle que t'es belle.

— Tu généralises, non?

Voilà Lili, l'amoureuse de Joe DiMaggio, qui s'y met.

— C'est mon expérience. Personnellement, avoir mal au ventre après une relation parce que tu viens de te faire labourer par un orang-outan, ça ne m'intéresse pas.

— Ils ont des gros sexes, les orangs-outans? Moi, c'est la queue des cochons qui m'intéresse. J'ai lu dans un magazine en attendant chez la dermatologue qu'elle est vraiment en tire-bouchon. Comme on l'avait dessinée au souper. Ce n'est pas inventé. Le mâle, il se visse littéralement à la femelle, nous instruit Alex.

Manifestement, elle en sait plus que nous sur la vie sexuelle des animaux.

— C'est vrai, cette histoire de queue en tire-bouchon? doute Lili, qui s'imagine sûrement la truie coincée, incapable de se libérer.

— Totalement. Ils ont des orgasmes qui n'en finissent plus. Bien vissés tous les deux, ils en profitent.

— La femelle aussi a du plaisir, tu crois ?

— Dans la revue, on parlait de trente minutes d'orgasme. Peut-être juste pour le mâle.

Comme je la connais, Lili se couchera ce soir en pensant à ces pauvres truies vissées à leurs mâles. Nous nous éloignons du sujet, toutefois la matière reste divertissante. Au moment où je me promets de parfaire mes recherches sur la sexualité animale – il y a tout un monde à percer –, Alex reprend le fil de la conversation.

— D'habitude je m'en fous, mais en ce moment, c'est vraiment d'une grosse queue que j'ai envie.

— Il embrasse bien, au moins ? demande Kim.

◆

C'est reparti. À vrai dire, même si les hommes sont nombreux à s'imaginer que le sexe est le sujet numéro un des soupers de filles, ce n'est pas le cas. Du moins, pas dans notre groupe. Bien sûr, face à de nouveaux amants, à de nouvelles amours, on ne peut retenir notre enquête d'usage. En général, ça commence par la base. Sa manière d'embrasser.

Ensuite, on poursuit. Avec les caresses, la peau, la manière de faire, l'envie. Puis, dans des cas plus particuliers, on aborde la taille, la forme du sexe (salutations ici à la tour Eiffel et au champignon, celui dont le gland est si gros qu'il représente un défi au moment de la pénétration). Nous en parlons sans abuser. Juste assez pour être rassurées quant au bien-être de notre amie.

Ce soir, la conversation annonce une autre approche. Sans même demander à Alex si son nouvel homme embrasse bien, nous nous attaquons au sexe. Sans finesse. Même Lili semble partante. Lorsque je regarde son teint rose, sa petite robe rétro et son air presque sage, je soupçonne une amante qui en donne et en reçoit beaucoup.

— Pourquoi, ce soir, on ne se raconte pas tout ? Y a des filles qui sont bien plus ouvertes sur le sujet. On ne peut pas dire qu'on en dévoile trop entre nous…

Voilà la pureté qui lance le bal.

— Le sexe ? Merde, je n'ai pas fait l'amour depuis une éternité, je confesse, trahissant mon âge sans le réaliser.

Je ne baise pas, je fais l'amour. C'est plus gracieux. Et dans mon vocabulaire.

Ma manière de dire les choses est vite relevée.

— On ne te parle pas de faire l'amour. On parle de baiser.

— Je ne baise pas, justement. J'ai besoin d'aimer, un peu ou beaucoup, pour me retrouver dans un lit avec un homme.

— Dans un lit ?

Juliette se met de la partie.

— Ça doit se passer partout. J'espère que tu fais ça ailleurs que dans un lit, après avoir pris ta douche et mis ton petit déshabillé de soie, poursuit Kim.

Elle s'imagine sans doute qu'à mon âge vénérable je me suis toujours contentée d'un lit. Que je n'ai rien connu de plus extravagant. Il me vient à l'esprit deux ou trois endroits que je protège. Ni la douche ni la voiture. Ni un lac ni une plage. D'autres coins qui frappent l'imaginaire. Flirtent avec le danger. Le vrai. Pas celui qu'on suggère avec des compilations musicales.

Lili prend ma défense. Il est magnifique, mon déshabillé. Je l'ai payé trop cher d'ailleurs. Par ce genre de journée où on se sent moche. On entre dans une boutique et on se fait complètement arnaquer par la vendeuse. Elle vous vend que vous êtes belle, que le vêtement vous sied à la perfection. À coups de mots, de compliments, elle en vient à nous faire oublier nos bourrelets, nos complexes. On ressort bienheureuse (quelques instants à peine), avec le vêtement. Beau. Trop cher. Et on le sait déjà. Il ne nous va pas.

Ma fidèle amie plaide que j'ai bien le droit de choisir avec mon cœur mes partenaires. Faire l'amour n'a rien de dépassé ni d'un autre siècle. Elle se montre délicate. C'est décidé, si les filles balancent tout ce soir, moi, je garde le silence. Je les laisserai avec l'illusion d'une amie plus vieille qu'elles. Qui se contente du missionnaire. De la levrette, les grands soirs.

Je tairai tout le reste. Les chambres de motels tristes et celles des hôtels coûteux où, parce que l'amant a déboursé, on se donne plus. Mon attirance pour les stationnements déserts et les terrains vagues, sous les viaducs. Bien accotée à un mur plein de graffitis. Je garderai pour moi la peur que j'aime ressentir. Ce soir, je m'abstiens. J'écoute toutes leurs expériences. Je connais les miennes.

◆

— Bon, mais qu'est-ce que ça change qu'il ait ou pas une grosse queue ? reprend Juliette.

— J'ai envie de le sentir partout en moi. Une queue qui irradie, qui occupe tout l'espace. Que je perçois dans chaque millimètre de mon sexe. Je veux jouir juste en le sentant me pénétrer. Je veux grimper dans les rideaux et m'en mettre plein la bouche.

J'hésite entre consulter l'horaire des lunes – pleine ce soir assurément –, l'évolution de Mercure ou encore la date d'ovulation d'Alex.

Lorsque le sexe devient le sujet d'une soirée, toutes les surprises sont permises. J'attends toujours ce que nous réserve Lili. Et je me réjouis de recevoir à la maison. Au restaurant, nous aurions sûrement été l'attraction principale.

— On fait un tour de table ! lance Lili, revenant à la charge. L'endroit le plus fou où vous avez fait l'amour !

Alors, dans l'ordre ou le désordre, je dirai que l'avion a été testé par deux d'entre nous. Pas les toilettes. « C'est trop petit, impossible. J'ai déjà essayé. Les gens fabulent », a déclaré Kim. La voiture, banale, par nous toutes. La gondole d'un réputé centre de ski par une autre et le cinéma, dans la dernière rangée, par celle qui aime Godard.

— Tu l'as fait au complet ? Pénétration et tout ?

— Oui. Juré. J'ai levé ma jupe, je l'ai enfourché de dos et je me suis mise à bouger.

— Et les gens ?

— Ils étaient devant. Personne n'a rien vu.

— C'était excitant ?

— Très.

Les Gonzelles sont bien parties. Elles en veulent encore. Après le lieu, la position préférée est à l'honneur.

— Sur la table, les jambes dans les airs accrochées à ses épaules. Il me tient les deux bras solidement.

Nous nous entendons pour dire que nous apprécions les tables et leur inconfort. Et si, dans un élan de passion, on envoie au sol quelques verres, quelques couverts, parce qu'il y a urgence, c'est encore mieux.

J'observe Lili. Je pressens que, très bientôt, elle va se lâcher. Oublier de ne pas être vulgaire. Kim intervient. En détail.

— Moi, ce n'est pas une position. C'est lorsque je sens que je m'abandonne. Je n'ai plus à réfléchir, à mesurer, à me défendre, à me protéger. Ça ne m'est pas arrivé souvent. Jamais avec un étranger. Mais l'abandon, le vrai, c'est génial. J'offre mon corps. Puis j'aime qu'ils s'occupent de mes seins, qu'ils les trouvent beaux.

— Ils te disent lorsqu'ils remarquent ?

— Mes seins ? Disons que le gars qui te demande « C'est récent ? » ou qui les tâte en te disant que c'est réussi, ça refroidit… Mais jamais autant que celui qui te demande pourquoi t'as pas choisi le DD.

— Mais tu couches avec des bêtes ! lance Lili.

— Et toi, avec des hommes qui te couvrent de roses chaque fois ?

— Tu n'as rien compris. Les roses, ce sera pour l'homme de ma vie. Tu sauras que je ne suis pas aussi romantique que vous le croyez toutes.

— Vraiment ?

— J'aime me faire pisser dessus.

Silence.

À ce moment précis, j'ai envie de retourner en enfance. De faire exactement comme les deux seules fois où j'ai entendu mes parents faire l'amour. C'est-à-dire porter mes mains à mes oreilles et chanter très fort dans ma tête.

Je ne porte pas les mains à mes oreilles. Ni ne mets fin à cette conversation. Riche en détails…

Alors, Lili aime bien la chaleur du jet.

— C'est doux, c'est chaud.

— Vraiment ? souffle Juliette.

— Tu consultes ? enchaîne Kim. T'as besoin d'un psy, Lili.

J'arrête ici cette portion de la discussion. Sachez aussi qu'Alex adore les virées au *sex-shop* et le latex.

— Rassure-moi, pas Catwoman ?

Alex joue celle qui n'a pas entendu tandis que je pense à Cocteau, son chat.

Juliette ne veut pas mourir étouffée en suçant une tour Eiffel ou un champignon. Par contre, elle adore se faire bander les yeux et qu'on la laisse dans l'inconnu, sans trop savoir ce qui l'attend. Être attachée aussi. Pour une fille qui contrôle habituellement toute situation, c'est encore plus excitant.

Et pour moi, il est trop tard. C'était avant, dans des chambres de motels au parfum trop prenant. Celui du désinfectant. Maintenant, je m'achète des nuisettes de soie. Hypersexy. Qui se désespèrent au fond d'une boîte.

Un échec à punir...

Ce soir-là, elles sont parties tard. J'ai tenu à tout ramasser seule. J'ai lavé les verres, les assiettes, en laissant couler l'eau très chaude sur mes mains. Je n'ai pas de lave-vaisselle. Et j'avais besoin d'une sensation. Oui, de ressentir quelque chose au présent. Tout ce que mes amies venaient d'évoquer, elles le vivaient en ce moment, ou l'avaient vécu récemment. Moi, les ultimes grands frissons que j'avais connus dataient. Ils étaient périmés. Dans mes souvenirs.

Depuis ma dernière rupture, deux années avaient passé. Je n'avais pas refait l'amour – je sais, ça fait vieux – ni couché – c'est mieux – avec un homme. Moi qui aime embrasser, je n'avais goûté aucune lèvre.

Ni la supérieure. Ni l'inférieure, à laquelle j'aime m'attarder. Je n'étais pas dans le même état que le soir de la nuisette où j'avais donné une bonne partie de ma garde-robe. Je nettoyais chaque verre, chaque assiette avec soin. En réfléchissant à cette abstinence que je m'imposais.

Oui, j'avais eu besoin d'une longue accalmie. De me retrouver, de me guérir des dernières années qui avaient laissé des traces. Sur ma confiance, en moi, envers les hommes. J'avais repoussé ma peine, pour ne pas que les enfants en soient témoins. J'allais la retrancher encore. Leur mère n'allait pas s'épancher, ni être triste devant eux. Mais ça ne justifiait pas de me priver. Surtout lorsque, une semaine sur deux, je me retrouvais seule.

Rendue aux ustensiles, ceux que je déteste laver, j'ai eu une révélation. J'avais toujours aimé le sexe. Celui qui fait du bien, celui qui écorche un peu, celui qui nous fait oublier ou prendre conscience de notre force. Je m'en privais. Volontairement. Après deux années, ce n'était plus pour me retrouver. Si c'était pour me punir ? J'ai mis l'eau très froide cette fois. Glacée.

J'ai réalisé que je me sentais coupable de l'échec d'une relation. Je m'en voulais. Parce que ça n'avait pas fonctionné. Parce qu'on a échoué, on se corrige. On se prive de l'affection, de l'intérêt des autres envers nous. Avec cette triste impression de ne pas les mériter.

Depuis deux ans, c'est ce que je vivais. Je me punissais inconsciemment. D'une rupture. Du fiasco d'une relation. Et j'avais tort.

L'eau tiède coulait maintenant sur mes mains.

Mistral a bouffé les électros

— On s'est toutes beaucoup livrées la dernière fois. Sauf toi.

Je leur rappelle que je suis trop vieille pour le sexe. Lili revient à la charge.

— Entre amies, on ne se dit pas tout ?

— Je pense que oui. Tu nous as même révélé que tu aimes te faire pisser dessus. Je pense qu'on en partage beaucoup.

— Tu as été muette au souper. Tu n'as fait que nous écouter, me reproche Alex.

— C'est pour un prochain roman ? On devient ta matière ? avance Kim, qui me réclamera une part de mes droits d'auteur, si ça se trouve.

— Non. Moi, je fais l'amour. Vous vous êtes moquées dès la première phrase, alors je me suis abstenue.

— Mais t'as encore des envies ? Tu mouilles encore ?

— Lili !!

Trois voix s'élèvent en ma faveur. Elle porte sa main à la bouche.

— Désolée. Mes mots sortent trop vite. Mais j'ai une vraie peur de la sécheresse à la ménopause.

— Lili, ne t'en fais pas. Un, je ne suis pas en ménopause. Et deux, oui, je mouille, comme tu le demandes si délicatement. Il y a d'autres détails que tu veux connaître ?

— Je sais que tu nous caches quelque chose, me répond-elle.

— Je ne te cache rien. Mais je ne te raconte pas toute ma vie.

— Pareil ici. Je garde plein d'aventures passionnantes juste pour moi !! renchérit Juliette, dont les détails de son aventure d'été m'ont troublée. Entre le double menton de l'une et les faux seins de l'autre, l'idée qu'elle ait éprouvé une forme d'excitation en baisant à proximité de sa mère et son conjoint qui jardinaient m'indispose encore.

Sur le fond, elle a raison, Lili. Je ne sais pas si elle garde des trucs aussi passionnants qu'elle le prétend, mais nous sommes à la fois proches et étrangères. Nous nous connaissons par nos repas échangés. Nos angoisses – et de grands pans de notre passé – ne sont pas évoquées autour de la table, sauf les rares soirs de secrets et de confessions.

Par exemple, nos parents. Dans le groupe, deux filles viennent de familles séparées. Une autre a été élevée par son père, seul. Deux d'entre nous ont grandi avec leurs deux parents ensemble et amoureux. Notre enfance, nous en parlons peu. Ça pourrait devenir douloureux.

Jusqu'à présent, les tristesses que nous nous sommes confiées ont été le décès du chien de Juliette et celui de Cocteau, le chat d'Alex.

Juliette possédait son labrador depuis qu'elle avait vingt ans et son premier appartement. Depuis l'enfance, elle rêvait d'avoir un chien à elle. Un être à aimer, qui ne la décevrait pas. Sa mère s'y opposait. Lui disait qu'avec le divorce ce serait impossible.

Alors, dès qu'elle a eu son petit deux et demie, elle a trouvé une place pour Mistral. Elle l'a aimé sans jamais qu'il la trahisse. Lui.

Il lui a cependant coûté plus cher que n'importe quelle relation avec un homme.

◆

Elle venait d'emménager dans un nouvel appartement. Elle l'avait fièrement acheté après sa séparation. Elle nous avait même montré les électroménagers qu'elle devait se procurer. Les plus efficaces, à la fine pointe de la technologie, une belle dépense qui durerait une vie.

— Et puis, tu as reçu ton frigo et ton four ? T'es la reine des cuisinières maintenant ?

Elle a hésité quelques secondes avant de répondre. Malgré son statut de femme raisonnée, Juliette soupçonnait que la suite ne ferait pas l'unanimité.

— Je les ai décommandés…

— Pourquoi ? T'en rêvais !

— J'en rêve encore…

— Alors quoi ?

— Je n'ai plus d'argent, qu'elle a avoué, dépitée.

— Tu n'avais pas prévu le coup ? lui a reproché Kim.

Juliette avait les larmes aux yeux. Fait rarissime, en ce qui la concerne. Mistral avait failli mourir. Elle avait dû le faire opérer d'urgence. Elle qui nous rapportait toujours les faits et gestes de son chien, qui nous décrivait sa diète, ses nouveaux biscuits, même l'état de ses crottes, nous avait tenues dans l'ignorance de son opération. Elle redoutait qu'on la juge.

— Mais pourquoi ?!

— C'est ma faute. Il a avalé un jouet de plastique. Il ne l'a pas mâchouillé, il l'a bouffé. Il l'avait coincé en travers de la gorge. Il étouffait.

— C'est lui qui l'a bouffé, pas toi, réplique Kim. Il va mieux ?

Mistral allait mieux. Sauvé par le vétérinaire lors d'une délicate opération.

— Et ça coûte combien, un chien qui avale un jouet ?

— Trois mille cinq cents dollars.

Bam ! Plus d'un mois de salaire. Alex, qui avait un chat qu'elle aimait d'amour, comprenait. À mon grand étonnement, Kim a approuvé la dépense.

— Tu ne pouvais pas le laisser crever. Tu l'aimes, Mistral.

— Mais c'est quatre mille dollars ! me suis-je indignée.

— Trois mille cinq cents. N'exagère pas, quand même !

Moi, exagérer ? Je pensais à tout ce qu'on pouvait faire avec cette somme. S'acheter des électroménagers, oui, voyager, s'offrir un piano. Plein d'idées me venaient à l'esprit. Sans chercher. Je me suis retenue.

Je venais de lire un article qui laissait entendre que les gens qui n'aiment pas les animaux sont de moins bonnes personnes. Aimer les bêtes, c'est aussi aimer son prochain, écrivait-on. Pourtant, les animaux ne m'attirent pas du tout. Je n'en ai jamais eu besoin, même pour me consoler les soirs de grande solitude. Alors, je faisais l'effort.

— Il va mieux, Mistral ? Il est guéri ?

— Non, ce n'est pas terminé encore. Il faut une dernière opération. Toute simple.

Elle ne m'aidait pas, Juliette. J'ai repensé à cet article. Je ne me faisais pas à l'idée d'être une mauvaise personne. Alors, je n'ai pas posé de questions. Ni sur le coût de l'intervention. Ni sur sa présumée simplicité.

◆

L'intervention s'était bien déroulée. Le seul problème avec Mistral, c'est qu'il aimait plus le caoutchouc que la nourriture que lui servait sa maîtresse. Des aliments granos, incroyablement coûteux.

Il mangeait bio. Il avait droit à des croquettes de volaille élevée en liberté. À des galettes de poisson sauvage, agrémentées de vitamine E (pour la santé du cœur) et de thym pour sa santé buccale. Sans oublier les graines de lin. Bien sûr.

— Tu ne pousses pas un peu ? avais-je lancé.

— Le lin favorise son transit intestinal.

C'était trop pour moi. Tout comme ces récompenses que Juliette lui offrait. Des galettes d'un orange douteux faites de patates douces. La première fois, la bête en avait eu un haut-le-cœur. J'en avais été témoin. J'avais croisé Juliette par hasard, munie d'un sac plein de ses trouvailles bios. Elle m'en avait fait une démonstration désolante. Mistral avait gobé la gâterie, avant de la rejeter, tout entière. Il avait ensuite relevé la tête et regardé sa maîtresse avec mépris.

À bout de manger bio, Mistral s'est révolté, je crois. Il a avalé une fois encore un jouet fait de matières recyclables – évidemment. Il a fallu une autre intervention d'urgence et coûteuse qui, au final, a très mal tourné. Il est décédé sur la table d'opération. Le drame. Une tristesse que nous avons toutes sincèrement ressentie. Même moi. Mistral faisait partie de notre relation. Il était sujet de conversation. À chaque souper, il y en avait toujours une pour s'enquérir de son état de santé. Sous toutes les nuances. Du « Raconte-nous, comment va l'amour de ta vie ? » de Lili au « Ton grano milliardaire va bien ? » de Kim.

Il a fallu plusieurs mois à la solide Juliette pour s'en remettre. Certaines ont pleuré avec elle, d'autres l'ont consolée. J'ai compati à son chagrin. J'ai mesuré la peine, réelle. Toutes ces années des plus grandes confidences offertes à la bête qui devinait et comprenait si bien Juliette. Le vide qui se crée.

◆

Lorsque j'ai appris sur Facebook que Cocteau venait de rendre l'âme, j'ai été gentille. Fidèle à ses habitudes, Alex avait mis sur son mur une citation de son héros. Celui qui lui avait inspiré le nom de son chat, ni beau ni laid. Il régnait en maître dans la maison et détestait la visite.

« Notre mort n'est que très simple. Celle des autres est insupportable. »

Les huit cent soixante-douze amies qui la suivaient de partout dans le monde s'inquiétaient. Elle avait pris soin de mettre, en fond d'écran, une photo du disparu poilu. (Ici, je m'abstiens de tout commentaire.) Je comprenais une fois encore la peine. Même Lili, qui détestait ces citations trop intellos, avait saisi le poids des mots. Elle m'a appelée. Nous sommes allées porter un bouquet de fleurs à l'endeuillée. Puis – je n'aurais jamais cru me rendre jusque-là – une photo d'elle et de son chat, que nous avions placée dans un chic cadre.

Elle nous a raconté que Cocteau ne s'était pas réveillé un matin. Sous le choc, elle n'avait pas su comment réagir. Ni quoi en faire. Elle le regrettait maintenant. Son voisin de palier, chez qui elle avait frappé en pleurs, s'était chargé de l'enterrement. Terriblement bâclé. Elle n'avait pas fait ses adieux.

— Tout s'est passé trop vite. J'étais sous le choc. Il l'a pris, l'a foutu dans un sac.

Treize ans de vie commune, de caresses et de territoires partagés sont disparus d'un coup. Dans le fond d'une poubelle, sous les déchets.

— Tu n'as rien dit ?

— Rien. Je l'ai laissé faire. Le pire, c'est que je n'ai même pas caressé Cocteau une dernière fois. J'étais figée.

Je devais devenir une meilleure personne, parce que son récit m'a touchée. J'en voulais à son voisin. Il aurait dû la soutenir. L'encourager à faire des adieux décents plutôt que se débarrasser de Cocteau au plus pressant.

En quittant Alex, j'ai repensé à l'article sur le deuil. Je n'ai pas tenté de la consoler bêtement. Je ne lui ai pas confié que ses vêtements seraient plus beaux sans tout le poil du disparu. Ni qu'elle pourrait retrouver le sofa qu'occupait la bête en exclusivité, ou qu'elle pourrait y voir clair sur son écran d'ordinateur.

Je l'ai seulement serrée très fort dans mes bras en lui disant que je l'aimais. Et j'ai fini, sans trop savoir pourquoi – l'émotion sans doute –, par un petit miaulement. Inattendu. Je fais des blagues malvenues, je parle trop fort dans les salons funéraires. Je ne peux réprimer un fou rire à l'église. Ça allait de soi que je commettrais un impair. Je venais d'émettre un miaulement – assez réussi – que j'ai regretté illico. Qui l'a étonnée autant que moi. Il l'a fait sourire. Alex a miaulé à son tour.

Malgré sa peine, nous avons ri.

D'autres deuils

Il y a eu la fois où nous avons failli périr noyées, en plein hiver, dans un paysage de cinéma, puis le départ de Mistral et de Cocteau, mais c'est au décès de mon père que je nous ai senties réellement proches. Des amies véritables, même si nous ne nous appelons pas en dehors de nos soupers.

Cette fois-là, je ne m'y attendais pas. Je venais de perdre mon héros. Celui qui m'avait inspirée toute une vie. Qui m'avait offert les plus beaux cadeaux : l'amour des autres, et celui de la lecture. Il écrivait bien, mon père. Mais modeste – trop –, il se laissait aller sur des bouts de papier, ceux qu'il trouvait par hasard. Puis, une fois écrits, une fois les mots et les phrases devenus magie trop éphémère, il jetait le tout. La poésie de sa plume refusait les compliments, la postérité. Elle tenait simplement à saisir l'émotion, la douceur de l'instant présent. J'ai encore, dans une boîte de souvenirs, une carte de fête. Qui n'en est pas une. Il s'agit d'un bout de papier, long. De ceux qui servent aux listes d'épicerie.

C'est là, sur ce bout de page, qu'il m'a écrit que mes vingt-cinq ans seraient beaux. Qu'il y retournerait, ne serait-ce que pour être plus longtemps amoureux de ma mère, de la vie. Il me souhaitait heureuse, de conserver ce sourire, qui fait le bien, jurait-il. Le tout sur une liste d'épicerie.

◆

En ce moment, il est là, bien endormi, dans son cercueil fermé. Demain seulement, nous avons rendez-vous avec son visage, qui n'aura rien perdu de sa douceur. Réussi, déclarerons-nous à l'unanimité.

Je suis à mi-chemin entre le rêve et la réalité. Je réalise que la peine est une drogue qui engourdit. Je souris, j'embrasse, je serre des mains. Je suis touchée, émue, reconnaissante. C'est fou comme ce moment redouté dont la perspective m'a carrément fait vomir, juste avant, devient doux. Et nécessaire. Il faut le vivre pour bien comprendre.

Entre famille, proche et éloignée, et amis de la famille, elles apparaissent. Là. Venues de loin. Je n'ose même pas penser à la route qu'elles se sont tapée.

— Mais ce n'était pas nécessaire, que je chiale, d'un coup.

Pour la première fois depuis que je suis au salon, je pleure. À ne plus arrêter. Je ne comprends pas. Sinon qu'il y a entre nous quelque chose de plus fort que ces soupers de Gonzelles. Ce nom, pas très réussi, mais qui nous réunit. Pour faire la fête, pour célébrer, et dans les épreuves aussi.

◆

Ce soir-là, j'aurais souhaité un autre souper de filles, mais c'était impossible. Je me serais liquéfiée sur le plancher du restaurant choisi. J'aurais braillé sur cette perte fulgurante, sur cette partie de moi qu'on venait de m'arracher. Sur le départ de mon héros.

Alors, on n'a ni mangé ni bu. Mais mon père en a été témoin d'où il se trouvait : ce soir-là, ces filles de mes soupers étaient aussi mes amies. Présentes, même dans la plus grande douleur.

Un 31 décembre obligé

Au fil des ans, avec les rencontres et nos amours qui ont fluctué, nous avons connu des périodes d'équilibre. Celles où l'on pouvait se réjouir d'un nouvel amant – modérément, car une autre traversait une peine. Grande.

Il y a eu d'autres moments où les séparations nous ont marquées. Toutes ensemble. Comme en ce 31 décembre, où nous étions seules et voulions célébrer.

◆

Les filles m'attendent dans un restaurant-bar, où nous allons souper avant d'accueillir dignement la nouvelle année.

Elles sont à table depuis un moment déjà. Ce soir, j'ai décidé de m'amuser, de danser. De m'éclater un peu. Ça fait partie de mes résolutions. Pourtant, le cœur n'y est pas.

Mon retard est une gracieuseté des trop nombreuses tentatives pour trouver la robe, les bottillons, la coiffure pour être à mon avantage. Fois mille. J'ai visé haut.

À la première tentative, j'ai opté pour un lissage, fer plat, cheveux qui brûlent. Je me suis regardée et j'avais l'air de tout sauf de moi. Malgré l'heure qui filait, je suis retournée sous la douche. J'ai rincé encore mes cheveux. Je les ai séchés pour me refaire une coiffure. La petite robe moulante que je rêvais d'étrenner me donnait un air hypercoincé. Elle ne faisait plus partie des plans. Je penchais pour celle aux allures bohèmes. Comme à la fin du secondaire. Zéro sexy. J'ai mis de gros anneaux à mes oreilles et un collier de pierres trop lourd. Deux heures plus tard, je me ressemblais. Et j'étais affublée de tout ce qui faisait demander à mon ex si j'étais revenue de Woodstock à pied.

— Désolée, je suis en retard.

— D'une heure vingt-cinq seulement, pas de problème ! crache Kim, magnifique pour l'occasion.

— Je meurs de faim, se plaint Lili qui porte, très fièrement, une couronne en public.

Décidément, l'ambiance est à la fête. Et le service est d'une incroyable lenteur. Bâclé en prime, parce que nous sommes si nombreux et que deux serveurs sont tombés subitement malades. Un 31 décembre. C'est ce que nous explique d'un ton exaspéré celui qui note notre commande. Tout le monde est débordé. Même en cuisine, de toute évidence, on ne prend plus le soin de bien faire cuire les aliments. Mon steak-frites froid devant moi, je commence à douter sérieusement de la réussite de la soirée. Je suis la seule. Une fois rassasiées et deux bouteilles de vin plus tard, Kim, Alex et Lili sont en mode célébration.

Nous appelons Juliette qui travaille à un spécial télévisé de fin d'année. Elle nous embrasse et nous demande de lui envoyer une photo de nous fêtant. De mon côté, je regarde ma montre à répétition en me demandant à quelle heure viendra l'allégresse…

À onze heures cinquante, l'excitation est palpable. Autour de moi, les gens commencent à élever la voix. À remplir leur verre pour qu'il soit bien plein pour la nouvelle année. Quelqu'un hurle dans un micro de nous tenir prêts. Puis arrive le moment du décompte. Comme au ralenti. Dix secondes qui paraissent une éternité. Où mon cerveau m'envoie des tas de messages.

Dix. « C'est déjà le moment ? » Neuf. « Crie comme les autres. » Huit, sept. « Souris ! » Six, cinq, quatre. « La couronne de Lili va tomber. » Trois, deux, un. « Qui j'embrasse en premier ? »

Je l'ai tant idéalisé, ce décompte. Les cris, les verres de champagne qui se frappent, les embrassades pour accueillir la nouvelle année. Oui, l'extase qui tombe pile là, pour tout le monde, sur le coup de minuit.

J'ai rêvé d'être moi aussi en train de célébrer, la musique au maximum, dans une foule joyeuse, tandis que je me contentais de regarder, épuisée, les émissions spéciales du Nouvel An. En pyjama sous ma douillette, un verre de vin mousseux à la main, je zappais pour me projeter au cœur de la fête.

Ce 31 décembre est si loin de mes illusions. Pour m'en convaincre totalement, à la seconde où il se transforme en 1er janvier, ce n'est pas une amie que j'étreins. Un étranger m'empoigne pour m'embrasser. Sur la bouche. Même néophyte, je doute que ce soit la tradition. Un autre veut poursuivre les souhaits. Les filles oublient la photo promise à Juliette. Elles se dispersent au gré des hommes et des vœux inaudibles.

À la deuxième minute de cette nouvelle année, j'ai un éclair de lucidité. Je ne suis pas à ma place. Du tout. Je suis trop vieille pour être ici. La moyenne d'âge est de quinze ans inférieure au mien. À trente ans, lorsqu'on est célibataire, on rêve de finir la soirée à deux, ou plus, selon les envies. À quarante-trois ans, surtout si on a des enfants, on ne rêve qu'à les retrouver le lendemain matin. À les regarder fouiller dans les bas qu'on a remplis de l'inutile qu'ils aiment. Mes pensées logent ailleurs que dans ce bar, aussi populaire soit-il. La musique se fait plus forte encore. Mes jeunes amies sautillent maintenant dans cet établissement où je vais bientôt perdre l'ouïe.

On m'approche, je n'entends rien. J'aurais besoin d'un appareil auditif, je pense. Ma conversation se résume à des « Quoi ? » répétés, criés de trop près. Crachés aussi. Je postillonne dans le visage d'un serveur. J'insulte un gars qui a la gentillesse de m'offrir un *drink* et qui le pose devant moi. « Bonne année ! » qu'il beugle. Il aime sans doute les vieilles qui ont presque connu Woodstock. Je lui fais peut-être penser à sa mère. Il reste là, à attendre qu'on porte un toast. Que j'avale le contenu du verre et toute la dose de GHB qu'il vient peut-être d'y verser. Je lui explique, y allant de quelques signes, que c'est gentil, mais que je ne peux pas me permettre de le boire. Il repart. Avec son verre, qu'il avale d'un trait quelques minutes plus tard. (Je le surveillais, pour ne pas qu'il l'offre à une autre pour mieux l'abuser.) J'en conclus qu'il ne contenait pas de drogue du viol.

Du côté des Gonzelles, c'est la fête. Kim et Alex dansent en rigolant. Lili a perdu toute sa réserve. Des gars tournent autour, se frottent à elles. D'autres leur souhaitent une bonne année au passage. Et je plonge. Je décide de gagner la piste, d'aller les rejoindre et de danser à mon tour pour chasser cette tristesse soudaine. Feindre la joie alors qu'en dedans c'est novembre. Je danse avec elles, une boule en pleine poitrine, en me disant que ça viendra. Bientôt, je m'amuserai. Je me tortille comme je le fais désormais seule dans mon salon. Nulle part ailleurs. Bientôt, mes mouvements chasseront mon malaise. J'espère en silence, malgré les décibels.

Un crétin de première classe vient sauver ma soirée, sans même s'en rendre compte. Il me prend par la taille.

— Qu'est-ce que je sens ? qu'il aboie.

— Mon parfum ?

C'est un classique. Mon parfum m'attire toujours des compliments. Hommes, femmes, étrangers, on le distingue. Même discret, il plaît, et je ne peux m'en passer. Je me parfume souvent. Ça me donne confiance. Encore ce soir, j'en ai la preuve, il fait effet.

— C'est *Be Delicious*... je lui confie, en me disant qu'il a un odorat sensible.

— Non, juste ici !

Et il tire sur l'élastique de ma petite culotte. À taille haute. Parce qu'elle me tient le ventre, cette petite culotte. Parce que j'ai quinze ans de plus que lui et que tous les autres qui sont en rut sur la piste. Parce que *Passe-Partout*, je le regardais avec ma fille.

— T'es débile ou quoi ?

Je le repousse. Il me traite de mal-baisée. Je lui donne raison. Et je retourne vers mes amies pour danser. Comme une mal-baisée. Celle qui se déhanche le plus. Celle qui se donne en spectacle en attendant de donner plus encore.

— T'as quel âge ? me demande un crâne rasé qui me regardait depuis quelques instants.

— Quarante-trois ans ! Et pour ton information, je suis Taureau ascendant Passe-Partout, je précise en m'agitant toujours.

— Tu danses bien pour ton âge, qu'il se croit le besoin de signaler sans noter mon trait d'humour.

Non, mais je rêve ! Il s'imagine qu'après quarante ans on se spécialise dans la valse viennoise ? La danse en ligne ? Kim vient me secourir.

— T'en fais trop. Relaxe. Amuse-toi !

— Tu parles que je m'amuse ! Je viens de me faire dire que je suis mal baisée par un et que je danse bien pour mon âge par un autre !

— On s'en fout. C'est con.

Ce l'est. Je m'en veux de ces images de fêtes que j'enviais. Celles que je regardais avec une pointe de jalousie, parce que je n'y allais jamais. Parce qu'il fallait à tout prix, comme une loi non écrite, que le 31 décembre, on s'amuse, on touche le bonheur. Le vrai. Tout ça se dégonfle. Je regarde autour de moi. Plus rien ne me réjouit. J'embrasse Kim.

Un peu plus loin, je retrouve Alex. Elle danse de très près avec un bel homme. Il a l'air gentil et me sourit. Je dis à mon amie d'être prudente. De ne pas partir avec le premier venu même s'il est craquant.

Je serre Lili dans mes bras.

— Tu n'embarques avec personne. Si tu ramènes quelqu'un chez toi, tu le présentes à Kim ou Alex avant, je la préviens en hurlant à son oreille.

— T'inquiète pas, tout va bien !

Sa couronne vacille sur sa tête.

— Je t'appelle demain matin, je l'avise en redressant sa coiffure de princesse qui perd de sa superbe.

Puis, ma culotte à taille haute et moi, on se fraye un chemin jusqu'à la sortie. Et j'appelle un taxi. Avec toute la naïveté d'une fille qui ne connaît pas les 31 décembre.

◆

Une fois dehors, en bas-collants dans mes bottillons, j'attends. La nuit est remarquablement clémente. Une bénédiction, me dis-je.

Aussitôt, je pense à mon père qui ne sera pas là, en ce jour de l'An, pour nous la donner. Ce sera la première fois depuis ma naissance que je ne recevrai pas sa bénédiction. Toujours émue. Où il nous disait, incapable de réprimer ses larmes, qu'il nous aimait. Que la vie, le Bon Dieu nous protégeraient. Et qu'il souhaitait être encore avec nous l'an prochain. Pour une autre bénédiction. Le rendez-vous n'aura pas lieu. Je résiste. Je ferme les yeux et me concentre, très fort, sur le vent. Doux. Plus agréable que la musique. Comme une caresse de mon disparu.

Quelques voitures circulent. Klaxonnent au passage. Étrangement, je n'ai pas peur. Je suis plutôt inquiète pour mes amies. Jamais je n'ai eu de rencontres d'un soir. Je suis trop peureuse. Ce n'est pas l'idée d'embrasser ou de faire l'amour à un étranger, mais celle de le faire entrer dans mon appartement, en ne sachant rien de lui. De me faire prendre sans connaître son passé – de criminel, de psychopathe peut-être. Ça ne m'a jamais attirée. Plutôt refroidie.

Plus l'attente du taxi s'étire, plus je me fais du souci pour Lili. Kim et Alex en ont vu d'autres, ça devrait aller. Je réalise que je ne saurai pas comment la joindre dans quelques heures. On ne s'appelle jamais. On s'écrit toujours. Je retourne dans la jungle. Je repère ma princesse. Elle me donne son numéro de téléphone, que je finis par entendre et noter. Et elle m'embrasse très fort en lâchant : « Bonne année encore. Surtout, ne te décourage pas ! Toi aussi, tu vas finir par le trouver, l'homme de ta vie ! » Comme si l'une d'elles allait le trouver dans ce bar.

Je ne le cherche pas. Encore moins ce soir. Seule à deux heures du matin, dans la douceur exceptionnelle de cette première journée de l'année, je décide de rentrer à l'appartement en marchant, dans mes bottillons. Un taxi au Nouvel An, c'est du fantasme.

Et je me promets qu'aucune date du calendrier ne m'imposera de bonheur obligé. Je le laisserai venir lorsqu'il se présentera. Sans rien forcer. Je reprends mon téléphone. J'ai un message. À deux voix. « Maman, bonne année ! On t'aime. Tu viens nous chercher quand demain ? »

Pour moi, le vrai bonheur est dans quelques heures.

Un, deux, trois tours de table

Les noms de célébrités collés à notre front ou encore Twister ne sont que des exceptions qui ont égayé nos soupers. Il y a aussi la tradition : les inévitables tours de table que je lance à la fin de tous les repas. Ça me vient de l'enfance et d'une grande famille où tout le monde ne trouvait pas la parole. Alors, pour que chacun puisse bien se faire entendre, il y avait ce tour de table. « Qu'est-ce qui s'est passé à l'école ? Ton plus beau moment de la journée ? »

J'ai poursuivi le jeu avec les enfants, les amis et aussi les Gonzelles. J'y vais encore du plus beau moment des derniers mois ou encore j'opte pour l'échelle du bonheur. De un à dix. Dix appartenant à la plus éclatante des joies.

Nous avons toutes connu des quatre et des cinq inquiétants où nous nous attardions à la tristesse, au mal-être des unes et des autres. À écouter. À prendre soin.

À la fin de son dernier documentaire, Lili est descendue à cinq. Elle a pris deux mois de repos avant d'embarquer dans un nouveau projet. Alex a touché le quatre à deux reprises : le décès de Cocteau et un mal de dos si puissant qu'elle a dû abandonner un tournage en Alaska, dont elle rêvait. Kim maintenait de bons scores, par orgueil, elle refusait de descendre sous la barre du six. Pourtant, dans les mois qui suivraient, son indice allait s'écrouler. Sans avertir.

Juliette est restée coincée plusieurs mois à cinq, ne se remettant pas du départ de Mistral. Un vrai deuil. Et moi, je ne sais trop pour quelle raison, j'oscillais entre le six et le huit. Toujours. Comme si rien ne pouvait m'affecter ou encore me réjouir outre mesure. J'avais le bonheur tranquille, dans tout ce qu'il a de plus plat et de plus rassurant. Pour ne pas que l'on s'inquiète, pour le bien des enfants. Une mère, seule, n'a pas le droit d'être déprimée. Je m'encourageais en repoussant la peine. Toujours.

Il y a eu aussi des neuf et des dix délirants. Une super promotion pour Kim, qui devenait la directrice création médias de sa banque. Le cadeau d'anniversaire des parents de Lili, qui lui avaient offert un condo. Puis l'achat d'un cheveu de Marilyn sur Internet. Authentifié. Une mèche avait été vendue à l'encan, bien protégée dans un coffre. Elle en avait reçu un seul cheveu, qu'elle allait conserver précieusement. Toute sa vie, jurait-elle.

De retour d'un voyage en Indonésie, Alex avait atteint le dix. Elle faisait désormais des offrandes le matin devant un autel aménagé dans son entrée. Juliette avait annoncé un neuf amusé avec son menuisier et ses ébats sur le balcon. Puis un autre neuf rempli de fierté la fois où une actrice américaine lui avait écrit un mot personnel. Une vraie célébrité, avait-elle précisé. Elle la remerciait de son travail. De sa manière de faire les choses sur un plateau de tournage.

— Déjà que c'est bon de voir son travail reconnu, imagine quand ça vient d'elle ! avait applaudi Lili.

— Ce n'est pas seulement dans les magazines ? Elle est gentille dans la vraie vie aussi ? avait demandé Kim.

— Si ça roule comme elle veut, oui. Sinon c'est autre chose, avait répondu Juliette, qui tenait toujours la carte de remerciements dans ses mains.

En entrant dans sa roulotte de production, elle avait trouvé le mot qui accompagnait aussi une bougie très chère.

— C'est débile, une chandelle à ce prix, avait statué Kim.

— Il ne faut pas que tu l'allumes ! l'avait prévenue Lili. Tu dois la garder en souvenir.

— Oui, et je la vendrai aux enchères quand je serai vieille, c'est ça ?

— Peut-être que ça prendra de la valeur ? avait osé Alex.

Et moi, pas de neuf ou de dix à l'horizon. Des huit pour le spectacle d'un enfant, le tournoi de soccer de l'autre. Des six pour mon écriture qui s'éternisait... Et des deux pour ma vie amoureuse. Je n'osais pas me rendre jusqu'à zéro, sinon pour ma vie sexuelle. Même mes fantasmes n'avaient plus de visage. Sauf un. Lointain.

Cinq bébés à la plage

Si mes souvenirs sont précis, il y a eu trois fois où nous avons eu nos règles au même moment. Un soir, nous l'avons remarqué au resto.

La première à se lever a été Lili. Soupirant un peu, elle s'est dirigée vers les toilettes, en traînant son sac. Rien de subtil. Tout pour nous faire comprendre qu'elle était menstruée. « Et je déteste tout ce sang », nous avait-elle déjà expliqué.

À son retour, Kim a pris la relève. Sans sac, sans soupir. Efficace, sûre d'elle. La DivaCup, qui se rince, qui ne pollue pas, lui plaisait. Elle s'est fait un devoir de nous en vanter les mérites et les économies qu'elle permettait.

Dans mon cas, elles devaient tirer à leur fin, ces règles.

— Tu es encore menstruée ! a annoncé Lili à tous les clients du restaurant.

— Oui, je peux avoir des bébés. En santé même. Jusqu'à nouvel ordre, je suis fertile.

Toutes m'ont regardée comme si je venais de déballer la pire des obscénités. Moi, fertile ? Mais elles s'imaginaient quoi ? Cette année-là, je célébrais plutôt mes trente-cinq ans de règles.

Les premières, je les ai eues à dix ans, au primaire. Quelques jours avant notre escapade de fin d'année au bord d'un lac des Laurentides. J'ai fait le voyage avec une serviette hygiénique si épaisse, si lourde que j'ai failli sombrer dans le lac. Ma sortie de l'eau n'a guère été plus noble. Imbibée, la serviette a coulé une éternité entre mes jambes. Je ne pouvais pas la changer. De peur qu'un garçon de la classe découvre une serviette propre en fouillant dans mon sac, je ne m'étais équipée de rien de compromettant. J'ai donc fait le voyage de retour avec cette serviette que j'avais tenté d'éponger, de tordre. Entre une tache sanguinolente s'affichant sans gêne ou un monstre essoré dans ma culotte, j'ai opté pour le dernier.

Aujourd'hui, avec cette grande finale qui s'étire, j'ai hâte que tout se termine enfin. L'heure n'est pas venue, il faut croire. Et il m'arrive encore, par moments, de rêver de jeunes enfants. Comme les autres filles.

Depuis un an, c'était même devenu un sujet de conversation récurrent à nos soupers. Surtout après quelques verres de vin. Kim, Alex et Lili s'emportaient. Rêvaient d'enfants. Seules. Plutôt que d'espérer le futur père qui ne se présentait pas. Qu'elles n'avaient pas envie d'attendre. Juliette faisait preuve de réserve. Et pour moi, c'était un autre jeu. Je plongeais dans la conversation et fantasmais avec elles, sans trop y croire.

Cette fois-là, nous sommes donc allées à tour de rôle aux toilettes. Tampons, DivaCup – Juliette était aussi une adepte. Aucune serviette hygiénique à l'horizon. Désuètes pour mes amies. De mauvais souvenirs pour moi.

— Mon rêve, ce serait de ne rien porter. Les tampons, c'est bourré de javellisant. Les serviettes, c'est un handicap et on se sent sales. La DivaCup, ça me semble bien gros, a soulevé Alex en hésitant.

— C'est pas toi qui rêvais d'une grosse queue ?

— Je ne vois pas le rapport.

— Explique-moi pourquoi une DivaCup serait trop grosse, alors que tu serais prête à recevoir un sexe extra-large ?

— Lili, simplement parce que je n'ai pas à traîner ma caméra, ni à marcher toute la journée avec un sexe entre les jambes. Avec une DivaCup, je présume que oui.

Je n'avais aucune idée jusqu'où se rendrait la conversation. Le chien de la propriétaire du restaurant l'a stoppée. Elle venait de faire entrer la bête avec l'approbation des clients. Ça me dérangeait un peu, mais, en mémoire de Mistral et Cocteau, j'ai gardé le silence.

Rapidement, il a délaissé son os, les tables voisines, et il s'est glissé sous la nôtre. Il nous a senties à tour de rôle. Là où les attirails tentaient de faire leur travail d'absorption.

— Une chance qu'on n'est pas en camping, a constaté Alex.

— Un ours nous boufferait, c'est sûr, a ajouté Kim.

◆

Ce soir-là, nous avons conclu que nous étions comme les membres d'une grande tribu. Celle où toutes les femmes ont leurs règles au même moment.

— Dans quatorze jours, on sera toutes fécondes ! a poussé Lili.

— On s'engage un super beau gars et on fait des bébés ! a suggéré Juliette, dans un état que je ne lui connaissais pas.

Elle m'a étonnée. Elle est muette lorsque nous parlons de progéniture. Là, elle nous imaginait avec un seul père pour nos cinq enfants. Dans mon esprit, je traçais déjà notre lignée. Nos petits seraient tous frères et sœurs...

— Ce serait génial ! a crié Lili.

Elle s'est levée pour applaudir.

— Chut. Baisse le ton.

— C'est bon pour moi ! a annoncé Kim.

Elle avait évoqué déjà la possibilité d'être maman. Monoparentale. Celui qui serait le père de ses enfants tardait à se manifester. Notre directrice médias pour une grande banque ne cherchait plus une vie de couple traditionnelle. Elle tenait à sa liberté. Un homme parfois et un bébé, à elle, qu'elle saurait aimer. Ça, je n'avais aucun doute.

Je doutais cependant du bien-fondé de cette maternité partagée. L'idée semblait plaire à mes amies. Une grossesse où l'on se suit, s'entraide. Des proches, des familles qui viendraient nous soutenir, prendre la relève. Des cours prénataux sur mesure, à nous cinq. Des vêtements à échanger, parce que, bien sûr, nos enfants n'allaient pas tous avoir la même taille en venant au monde.

— Oh, je nous imagine dans une grande maison sur le bord de la mer… a rêvé Kim, pourtant lucide d'habitude.

— Avec cinq bébés qui se ressemblent ! a enchaîné Lili.

— Vous croyez qu'un seul homme peut féconder cinq femmes en une même soirée ? s'est interrogée Alex.

Elle en connaissait pas mal sur le sexe des orangs-outans et des cochons, mais sur la puissance des hommes, ses connaissances n'étaient pas au point. Les miennes non plus d'ailleurs. Je n'avais aucune idée de la réponse. Ce n'était rien pour décourager le groupe, qui s'est remis à fantasmer.

— Imaginez, les vacances d'été avec tous nos enfants, ce serait merveilleux !

Je ne reconnaissais plus Kim.

— On ne se lâcherait jamais. Nos enfants seraient frères et sœurs, pour la vie...

L'idée a gonflé dans les esprits. Des prénoms à donner ont même fusé.

— Interdit de choisir les mêmes ! Moi, ce sera Arthur ou Alice. *Shotgun !* a prévenu Lili.

— Santiago ou Abril ! a tout de suite renchéri Alex, marquée par son voyage en Argentine.

Elles ont aussi évoqué des ventres bien ronds, des gardiennes à trouver et à partager, puis de vacances à la plage, encore.

— Pas besoin de chercher désespérément une garderie. Une personne à la maison pour nos cinq bébés, ce serait parfait !

— Oui, un homme, a insisté Alex. Ça leur prendra une présence masculine, quand même.

Je présume que ç'a été le déclencheur. Subitement, tout a dérapé. Kim et Alex, devenues plus amazones que Gonzelles, se sont levées d'un bond. Sans même se consulter. Les règles, c'est fou la solidarité qu'elles provoquent. Déterminées, elles se sont dirigées vers les cuisines. Pour faire de la prospection. En prévision du jour de notre ovulation collective.

— Elles vont où ? s'est inquiétée Lili.

— À la cuisine. Il paraît que les chefs et leurs assistants ont une méga-libido. Ils aiment tous les plaisirs de la vie, pas juste la bouffe, a déclaré Juliette, qui buvait beaucoup – elle en profitait sans doute, juste avant sa grossesse.

Je croyais qu'elle disait vrai. Kim connaissait probablement une statistique sur la question. Elle s'était levée si confiante que certains chiffres devaient lui donner raison.

— Il y a sûrement un homme prêt à combler cinq femmes dans quelques jours, a espéré Juliette.

— Cinq, c'est quand même beaucoup, a réfléchi Lili.

Elles ont causé encore de la grande fratrie, du concept de la maison au bord de la mer.

— Je vais passer mon tour. Il en comblera quatre, ai-je annoncé.

J'avais deux enfants. La perspective d'être enfourchée par un chef, un cuistot ou un plongeur dans une file d'attente avec mes amies ne m'attirait pas. Du tout.

Ce souper frôlait la mauvaise scène de cinéma. Au début, elle aurait pu être sympathique. Je me vois la regarder sur grand écran, avec un sourire attendri. Elle devenait maintenant celle qui gêne. J'entendais des rires trop forts de l'autre côté des portes de la cuisine.

Plutôt que de saluer notre donneur potentiel, je me suis levée et j'ai payé ma part. J'ai laissé mes amies au chien, qui s'en donnait toujours à cœur joie sous la table, et aux hommes de la cuisine. Ils se préoccupaient de moins en moins des plats à préparer. La table voisine s'impatientait.

Ce soir-là, il n'y a pas eu de photo de groupe. Il y en a eu, par contre, d'Alex en train de laver la vaisselle. S'amusant beaucoup. De Kim buvant un autre verre de vin. Et d'un jeune homme au visage ébloui, prêt à devenir l'objet de leur fantasme. Seul père d'une grande famille. Vacances au bord de la mer comprises.

— Toutes les cinq, vraiment ? il s'était étranglé, selon ce que m'a raconté Kim.

Étions-nous ainsi façonnées ? Incapables de résister à l'appel de la maternité ? Programmées à croire que notre réalisation ultime n'était possible qu'en faisant des enfants ? Et c'était quoi, cette idée de glousser dans la cuisine du restaurant comme des adolescentes ? Vivement que cessent mes règles. Elles me rendaient encore plus intolérante à la bêtise humaine.

Et à celle, passagère, de mes amies.

Le cadeau du sous-chef (ou le H après les deux R)

Besoin de vous voir. Rien ne va plus.

J'hésite entre la compassion (c'est ma nature) et la colère. Les rassurer ou les engueuler. Lili y est. Juliette, en tournage, n'a pas pu se libérer. Le souper a été déclaré d'urgence. Il bouscule nos horaires. Notre dernière rencontre remonte à cinq semaines à peine. Cette fois où nos règles étaient synchronisées.

Avec ce genre de message, aucun autre rendez-vous ne tient. Le « rien ne va plus » n'a jamais été utilisé encore dans nos échanges. Ceux qui ne deviennent pas plus modérés malgré les années. Ils s'étirent toujours en longueur, à l'exception du cas présent. Même à distance, j'ai perçu plus que l'urgence, une certaine panique.

Je souhaite que ni l'une ni l'autre n'aient eu de problèmes. Pas de violence, pas de menaces. Un enfant doit être conçu idéalement dans l'amour, ou minimalement dans la jouissance la plus totale. Avec des rires dès les premiers instants de sa création, alors qu'il n'est qu'un petit spermatozoïde, trop satisfait du chemin parcouru, de sa victoire sur des centaines de millions d'autres comme lui. Rien et tout à la fois.

Kim arrive enfin. Nous avons convenu de ne rien laisser paraître, ni étonnement ni inquiétude. Lili a promis qu'elle saurait se tenir. Puis entre Alex, affichant une sale mine. D'emblée, elle demande un verre d'eau.

Je rêve ! Elles s'apprêtent à nous annoncer qu'elles sont enceintes ! C'est beaucoup trop tôt... Lili pose sa main sur ma cuisse.

— Vous êtes enceintes !

Ça aussi, c'est trop tôt. La retenue, elle ne connaît pas.

— Non, pas du tout.

Kim n'a pas la forme. Ça se perçoit non seulement par son air, mais aussi par son chemisier, boutonné très haut. Il ne laisse rien paraître de ses seins. C'est fascinant, cette manière qu'elle a de les cacher lorsqu'elle ne va pas. Comme si elle ne pouvait les assumer, dans les tempêtes. Ses seins – ou la visibilité qu'elle leur donne – sont le baromètre de ses états d'âme.

Tandis que je regarde sa poitrine et que je me demande ce que ça fait d'allaiter avec des seins refaits, je l'entends. Glaciale.

— J'ai la gonorrhée.

Mon cœur fait boum. Ma tête épelle le mot. Un réflexe d'écrivain, j'imagine. Et pendant que défilent les lettres, le H juste après les deux R, je regarde Alex. Elle n'a pas besoin de mots.

— Toi aussi? Vous avez vraiment couché avec le même gars!?

— Je ne sais pas à quoi j'ai pensé. C'était une folie.

Je ne veux pas entendre les détails. Je sais qu'en termes de symptômes cette ITS touche plus durement les hommes que les femmes. Certaines ne s'en rendent même pas compte.

Et je ne tiens pas à connaître la manière dont ça s'est passé. Elles étaient ensemble dans la chambre? Elles se sont succédé? Le gars a été à la hauteur les deux fois? Est-ce qu'une seconde éjaculation est moins porteuse de spermatozoïdes que la première? Est-ce qu'il a aimé tes seins, Kim? La séance était agréable ou juste mécanique, dans le but de fonder une vaste famille qui ira en vacances au bord de la mer?

— Vous n'êtes pas enceintes?

Lili hésite entre se réjouir ou s'inquiéter.

— Pas enceintes. Juste infectieuses.

— Infectieuses ? C'est un vrai mot, ça ? T'es certaine que tu ne te trompes pas ? soulève Lili, gardienne de la langue française dans un mauvais moment.

— Oui. Infection. Infectieuse.

Je coupe court à la conversation. Je m'apprête à leur dire qu'il est préférable de se protéger, surtout lorsqu'on couche avec un étranger. Puis je réalise que, pour avoir des enfants – puisque c'était l'idée de départ –, un condom n'est pas recommandable.

— Lui faire passer un test avant, ça ne vous est pas venu à l'esprit ?

— Pour une baise d'un soir ?

Kim prend ce ton que je déteste. Lorsqu'elle se sent fautive, elle attaque.

— Pour devenir le père de vos enfants. C'est un minimum, non ?

Ce n'est pas aussi dramatique que je le redoutais. Mais ce mec devait bien savoir ce qu'il faisait.

— C'est douloureux ?

Alex a éprouvé une sensation de brûlement. La chaude-pisse porterait bien son nom.

Elle a ensuite avisé Kim, qui n'avait aucun symptôme. Elle rêvait déjà d'un bambin sur la plage…

Pour le moment, il n'y a pas d'enfants à venir. Seulement une infection transmise sexuellement et des antibiotiques. Elles s'en veulent à peine de leur imprudence. Elles en ont davantage contre leur généreux donateur.

De là vient l'urgence. Elles désirent qu'on retourne au restaurant affronter le coupable.

— Mais pourquoi ?

— Il sait qu'il a la gonorrhée. Je veux le dénoncer, annonce Kim, qui retrouve son naturel.

— Il ne le sait peut-être pas, note Lili avec justesse.

— Impossible, il doit le savoir.

Alex est catégorique. C'est lui, le coupable.

Lili réplique que c'est quand même elles qui ont ouvert les portes de la cuisine au resto. Puis, quatorze jours plus tard, celle de leur sexe à cet inconnu.

— Il ne vous a pas forcées, que je sache.

L'eau ne suffit plus à Alex. Elle commande une vodka sur glace.

— Tu crois que ça tue les infections ? je lance gentiment, pour alléger un peu l'atmosphère.

C'est un échec.

— Il a une responsabilité. Il aurait dû nous le dire.

— Lili a raison, peut-être que lui aussi l'ignorait ? C'est possible, je soutiens.

Elles n'ont pas informé le présumé coupable.

— C'est aussi votre responsabilité. Comment voulez-vous qu'il le sache si tout le monde se tait après ?

— Je ne veux plus jamais le voir, avoue Alex.

— Je suis furieuse contre moi, contre lui, soupire Kim, devenue triste tout à coup – et en perte de moyens.

— Vous pouvez lui écrire, le texter…

Silence. Elles se regardent toutes les deux.

— On ne connaît pas son nom.

— Appelez au resto !

— Jamais !

— Mais vous vous êtes donné rendez-vous de quelle manière ?

— On est allées là-bas. On l'a fait à tour de rôle, dans la cuisine, après la fermeture.

◆

C'est le souper de filles où j'ai évité les détails. Où, sans terminer mon assiette, je suis partie. Sans même la traditionnelle photo de groupe – ça devient une habitude. Nous aurions toutes affiché un air identique. Un peu bête, je présume.

Ce soir-là, je me suis rendue seule à ce restaurant. Le chien n'est pas venu me sentir. Je suis entrée dans la cuisine, baisodrome à ses heures. Je me suis retrouvée devant trois hommes très occupés et étonnés. Contrairement à ce que je croyais, les visites-surprises ne semblaient pas être une de leurs spécialités.

C'est le souper de filles où j'ai tenté d'annoncer à un inconscient, salaud peut-être, qu'il venait de donner la gonorrhée à mes deux amies. J'étais décidée. Il allait le regretter. Payer pour cette situation et injustement pour toutes ces fois où, plus jeune, je ne me protégeais pas, poussée par des désirs trop soudains. Je me morfondais ensuite en souhaitant n'avoir rien chopé. Il allait encaisser pour ces années où je détestais mes élans, ma sexualité mal gérée.

Là, dans la minuscule cuisine – comment avaient-elles pu se faire prendre ici ? –, j'ai levé le bras, prête à invectiver le fautif. Puis, plus rien. J'ignore comment faire. Engueuler. En prime, j'ai réalisé – sur le tard – que je n'avais aucune idée à qui m'adresser. Je n'avais pas répété de chorégraphie pour tourner les talons. Pour quitter l'endroit dignement. Alors, j'ai plongé.

— Je ne sais pas lequel, mais un de vous trois a la gonorrhée. Celui qui a couché avec deux filles, une grande brune aux seins refaits et une blonde, aux épaules musclées. Bien, bravo, les deux ont la gonorrhée. Par votre faute. C'est dégueulasse. Faites-vous soigner ! Sinon... Sinon je préviens la police. Et on vous poursuit !

J'improvisais assez mal. J'ignorais si la menace d'une poursuite était crédible. S'il y avait jurisprudence en la matière. Et pourquoi j'avais employé le « on ». L'argument a tout de même eu son impact.

Tandis que je partais, le plus jeune des trois a balancé :

— C'est elles que je devrais poursuivre. C'est une des deux filles qui m'a refilé cette merde. J'étais *clean* avant elles. Tu les remercieras de ma part !

Il avait un joli accent et l'air sincère. Et gentil. Mignon aussi. Un peu plus et je m'imaginais tous ses enfants rampant sur la plage.

Je ne sais pas qui a dit vrai. Je n'ai pas entrepris d'enquête, ni transmis les remerciements. Je sais seulement que, dans ce genre de situation, il y a des zones d'ombre.

Et les filles, la prochaine fois, demandez-lui son nom.

De rêves et d'enfants

Ni Kim ni Alex ne sont enceintes. C'est mieux ainsi. Pour l'instant. Comme nous n'en avons pas discuté le soir où elles nous ont annoncé leur gonorrhée, notre souper suivant verse sur la maternité en solo. Chacune a ses opinions.

Seule mère du groupe, et pour avoir eu deux enfants avec un père extraordinairement présent, je crois, par expérience, qu'il est préférable de les faire à deux. Même si on me vante les villages, les tribus pour les élever.

Lili attend l'homme qui caressera son ventre rond et chantera des berceuses à l'enfant à naître. Alex se fixe une date butoir. Quarante ans. Lorsqu'elle sera vieille, dit-elle. Si elle n'en a pas, elle met une croix sur une famille. Elle ne veut rien forcer. Surtout pas se faire engrosser par un père qu'elle ne supportera pas après quelques mois. « La garde partagée avec une tache, non merci ! » statue-t-elle.

À ce moment, Juliette voit sans doute une porte s'ouvrir devant elle. Depuis des années, elle prétend ne rien vouloir bousculer, laisser faire la vie. Mais elle n'a pas l'instinct maternel. Elle vient de le lâcher, en criant presque. Comme si le poids de ce constat qu'elle ose enfin s'avouer lui allégeait les poumons.

— Je ne l'ai jamais vraiment exprimé. J'ai toujours laissé planer le doute. Pourtant, au fond de moi c'est clair, c'est décidé. Je ne veux pas d'enfant.

— Comment tu peux dire ça ? s'émeut Lili.

— C'est parce que tu n'as pas trouvé la bonne personne, soutient Alex.

— Tu peux changer d'idée, je me permets de renchérir.

— Vous voyez ? Je le savais ! Les gens réagissent hyper mal. Même mes amies. C'est la première fois que je l'évoque ouvertement. Écoutez vos réactions ! « Ça va ? Non, tu te trompes... Attends un peu, tu trouveras l'homme qui te donnera envie d'une famille... Tu vas changer d'idée... » C'est quoi ? Une obligation, une religion, avoir des enfants ?

— Pas du tout, répond Kim.

— Je pense simplement que si tu tombais en amour avec un homme qui veut des enfants à tout prix, tu serais peut-être tentée, explique Alex.

— T'es sérieuse, donc, répète Lili qui assimile (très) lentement la déclaration.

— Oui, je suis sérieuse. J'ai réussi à me rendre à plus de trente ans en vivant des hauts et des bas, mais heureuse. Je pense que je peux continuer sur la même voie.

Je lui donne raison. Mes enfants, je n'ai rien fait de plus beau dans ma vie. Ce n'est pas une raison pour que ce soit forcément pareil pour tous. Je préfère qu'elle reconnaisse ne pas être particulièrement douée avec eux avant de les concevoir...

Il n'y a pas que ça qui décourage Juliette. C'est la raison de son silence.

— Une femme sans enfant, par désir, par choix, devient comme une mauvaise personne. C'est fou.

— Juliette, t'exagères, la rassure Lili.

— Tu pousses, réplique Kim. Mais je te comprends. On les imagine plus égoïstes, plus près de leurs besoins, les femmes sans enfant. La maternité est tellement glorifiée. Encore aujourd'hui.

— Honnêtement, je ne sais pas quoi faire avec eux. Tu m'as vue avec les tiens, à la manifestation. Ça ne me vient pas naturellement. Je te regarde, toi, tu les attires, qu'elle lance à mon endroit.

— C'est à cause de mon ventre. Ils le trouvent confortable.

◆

À chacune ses rêves, ses envies. Alex avait d'autres tournages, d'autres pays à visiter avant de déposer sa caméra. Et elle comptait porter le latex bien longtemps avant de faire confiance à un homme. Pour Kim, il n'était pas question de passer à côté de la maternité. Elle n'avait pas besoin d'un homme pour vivre. Ni pour aimer un enfant. Mais la mésaventure du restaurant avait temporairement refroidi ses ardeurs et ravivé celle de se protéger.

Il a fallu un achat sur Internet. Qui allait tout changer.

Le camion UPS

Il est marron foncé, carré, d'une autre époque, on croirait. Partout dans le monde, il affiche la même couleur, le même logo doré. Sobre. UPS n'a pas de frontières. Et ses livreurs portent le brun, presque fièrement. On dit qu'entre eux ils s'appellent « les *browns* ». Personnellement, je donnerais un coup de pinceau sur l'ensemble, mais cette uniformité, un peu à la manière d'une armée, donne confiance, explique-t-on. Fait croire à une organisation efficace et fiable.

C'est ce qu'a gobé Kim lorsqu'un livreur a sonné à sa porte, un matin froid de janvier. Elle avait délaissé les boutiques de seconde main pour profiter des soldes sur Internet. L'homme était là, boîtes à la main. Elle l'a fait entrer chez elle. Le temps d'une signature et d'un mouvement de tête vers le haut, pour découvrir son visage.

— Ç'a été physique. Une vraie décharge. Ça ne m'était jamais arrivé.

Pourtant, elle est sélective. À l'exception des sous-chefs, elle ne se laisse pas amadouer facilement.

Nous avions toutes entendu des aventures, véridiques ou fabriquées, de techniciens de téléphone ou du câble accueillis de manière empressée par les clientes. Osant des tenues qui ne cachent pas les intentions.

La liaison de notre amie semblait d'une tout autre nature. Les molécules du coup de foudre se bousculaient dans l'entrée de son appartement. Les boîtes sont tombées – il n'y avait rien de fragile –, et ils se sont embrassés. Fougueusement. Passionnément. Pendant dix minutes. Sous le choc, ils se sont séparés. Le *brown* avait un itinéraire précis à respecter. Il repasserait, promis.

— Je n'ai même pas réalisé ce que je venais de vivre.

— C'est beau, a estimé Lili.

J'enviais déjà Kim. Je songeais à me mettre activement aux achats en ligne. Je m'ennuyais du coup de foudre. Souvent inexplicable. D'un élan qui coupe le souffle. Au moment où je rêvais d'un baiser qui s'étire, s'attaque aux lèvres, à la chaleur d'une bouche qu'il explore, Juliette, étonnée comme nous toutes, a demandé:

— Et vous êtes ensemble ?

Kim, notre femme de tête, d'argent, d'ambition, avec un livreur de chez UPS ? La réalité nous frappait. Et nous étions dans le jugement. Comment faire autrement ? Nous l'avions depuis toujours imaginée avec un banquier ou avec un jeune du milieu de la publicité, créatif, arrogant. Non. Elle était amoureuse d'un homme qui passait ses journées à se promener de porte en porte, une boîte à la main.

— Je sais, c'est fou. On se voit dans son camion ou chez moi. Toujours à la presse. Mais on est si bien. Et il n'est pas con. J'aurais les mêmes préjugés que vous si je ne l'avais pas rencontré. Il est intéressant, attentionné. Les filles, je suis en amour.

Il n'y avait pas à juger. On ne tombe pas amoureux d'une profession, d'un métier. Juliette et son ébéniste, ou menuisier, je ne sais plus, ce n'était pas dans le portrait prévu. Elle travaillait sur les plateaux de télévision, on s'intéressait à elle. Caméramans, preneurs de son, artistes, ils étaient nombreux à tenter de séduire cette beauté naturelle qui s'ignorait un peu. Une simplicité, une façon bien à elle de dire les choses la rendaient irrésistible. Sa manière de relever ses cheveux en chignon, retenu toujours par un crayon. Mais non, elle avait fréquenté, quelques mois d'été, son ébéniste. Qu'elle avait revu par la suite dans son appartement. Sans le balcon des voisins, sans sa mère et son conjoint tout près, qui risquaient de l'entendre. Le charme avait été rompu.

— T'avais vraiment besoin de tes parents pour le trouver excitant ? l'interrogeait Kim, intraitable.

Juliette avait avoué que ça manquait de frissons, seule avec lui, sans la peur d'être surprise. Et elle était occupée par une nouvelle production.

Même chose pour moi dans le rayon des coups de cœur inédits. Imprévisibles. Pendant des mois, j'ai eu un faible pour deux bouchers. Que je visitais en alternance. Cet hiver-là, je suis devenue férocement carnivore. Tous les deux étaient gentils, souriants. J'aimais les voir choisir les plus belles pièces de viande pour moi. Préparer les escalopes, envelopper le tout. Oui, j'aimais les voir manipuler ce que je mangerais plus tard. À la limite, j'y décelais quelque chose d'érotique.

Mes amours inventées se sont terminées brutalement. Un boucher a changé d'emploi. J'ai déserté l'établissement. Le second m'a présenté fièrement la photo de son petit dernier. Un nourrisson de deux semaines. L'été approchait. J'ai décidé de me calmer en matière de cholestérol et de viande rouge. J'allais me concentrer sur les salades et les poissons. Ou sur un maraîcher et un poissonnier. Il y en avait de très séduisants au marché.

◆

J'ai eu un véritable coup de foudre dans ma vie. Un seul. Celui où, sans même connaître l'autre, tu es convaincue que la vie avec lui pourrait être douce. Et belle.

J'étais jeune. C'était mon premier voyage en Europe, avec un sac à dos qui faisait la moitié de ma taille. J'avais mes vingt ans, mon Eurail Pass et aucune mauvaise expérience encore. Assise à la gare de Lyon à Paris, je partais vers Milan. Un trajet suffisamment long pour dormir dans le train. Lors des voyages à petits budgets, les nuitées gratuites font figure de merveilleuses aubaines.

Je l'attendais, justement, le train. Un peu émue, parce que pour moi un quai, une gare, il n'y a rien de plus beau, de plus romantique. Même si les gens se pressent, même s'ils oublient de se regarder, de s'excuser lorsqu'ils se bousculent. Et je n'évoque pas toutes les chansons écrites sur ceux qui se quittent, se retrouvent et prennent toujours un train pour quelque part. Une gare, c'est magique. Encore plus lorsqu'un bel étranger vient s'asseoir près de toi.

Certainement, il ne traversait pas l'Europe cet été-là. Il fréquentait mieux que toutes les auberges de jeunesse sur son parcours. Il était tout près de moi sur le banc. On ne se parlait pas. Bêtement, je faisais mine d'être concentrée sur mes documents de voyage. Incapable de chasser ma timidité. Je saurais me reprendre durant le trajet. Le train est arrivé en gare. À l'heure prévue. Pas une minute de plus ou de moins. Je m'en étonnais. Surtout, j'espérais qu'il serait dans mon wagon. Sans l'avoir regardé, sinon que de biais et trop brièvement, je lui donnais trente ans et des parfums d'Italie. C'est là que je me dirigeais.

Je me suis levée. Il l'a fait aussi. La vie était bonne. J'ai remercié une tante décédée. Elle veillait à mes amours et mes désirs.

Avant que je monte dans le wagon, il m'a dit. Avec. L'accent. Le. Plus. Séduisant. Un français légèrement mélangé d'italien :

— Je vais vous aider.

Pas « je peux vous aider ? » ni « vous avez besoin d'aide ? ». C'était décidé. Il m'accompagnait et il me protégerait jusqu'au bout du voyage. Et je n'avais pas encore vu ses yeux.

— Merci, c'est vraiment apprécié. Très gentil... j'ai réussi à sortir, étranglée – ébranlée.

— Ce n'est rien. Soyez prudente. Vous êtes plus que belle.

Ici, même si je veux éviter le romantisme de Lili, celui qu'elle pousse tout près des frontières de l'impossible, de la mièvrerie, ici, je le jure, le temps s'est suspendu. L'horloge immense de la gare a mis un frein à ses aiguilles. Figées, à leur tour, par le spectacle.

À cet instant précis, quelques secondes après notre rencontre, nous ne voulions pas nous quitter. Quelque part, dans les méandres de l'univers, une histoire avait été tracée pour nous. Mais il est grand, l'univers. Et pas toujours ponctuel.

— Vous ne montez pas ? je me suis inquiétée, déçue d'avance par cette passion avortée avant même la fécondation.

— Ce sera pour une autre vie.

Il avait moins de trente ans et parlait comme un prophète. Il m'a regardée et je voulais le marier. Là. Sur-le-champ.

— Soyez heureuse.

— Promis.

Aujourd'hui, je lui demanderais son nom. Il le crierait tandis que le train part. Je le mémoriserais, ce nom. Ferais des fouilles sur tous les réseaux sociaux et le retrouverais. Alors, c'était impossible.

Je crois avoir eu une peine d'amour. Et j'ai fait cette promesse. La plus grande. À un étranger que je n'ai jamais revu. Je serais heureuse.

Après mes mois de cavale en Europe, je suis revenue à cette gare. À ce banc. Le même jour, à la même heure. Je l'ai attendu. Cinq heures. Rien, en échange de toute une vie. Il a manqué notre rendez-vous. Mais je tiendrais ma promesse. Je serais heureuse. De train en train. De gare en gare. Et le plus fascinant, c'est que je n'ai jamais oublié son regard.

Le camion UPS, la suite

Pour en revenir à Kim, il est touchant, son amour. Le problème, le vrai, c'est que son livreur est marié. Et qu'il a deux garçons.

Elle a supprimé les statistiques à ce sujet. Particulièrement celles des aventures avec un homme marié qui se finissent rarement bien. D'autres sur tous les hommes célibataires intéressants – et disponibles – sur qui elle pourrait tomber. Elle ne calcule plus. En état d'ivresse amoureuse, elle en perd même l'envie de réussir au travail. D'une ponctualité quasi militaire, elle arrive désormais en retard à certains rendez-vous. Les cheveux un peu décoiffés, le nez rempli des hormones de l'autre. *Boostée* à la dopamine.

— Je me sens désirée. Tellement vivante!

Son amant, qu'elle désigne comme son amoureux, se déplace dans la ville. Chaque jour, à l'heure du lunch, un camion marron foncé se trouve comme par hasard près du lieu de travail de Kim. Ils font l'amour entre les boîtes.

Tout le brun qui l'entoure ne déprime pas notre amie. Pas plus que la situation conjugale de son livreur.

— Je me fous qu'il soit marié. Il n'est plus heureux avec sa femme.

— Il va la quitter?

— Oui, à l'été. On ne peut pas vivre séparés. C'est fou. J'ai mal physiquement tellement je m'ennuie de lui.

◆

C'est là, précisément, que j'aurais dû intervenir. Je regrette mon silence. Je ne veux pas briser les espoirs de mon amie. Jouer, une fois encore, le rôle de celle qui est passée par là. Celle qui pourrait écrire la fin. Maintenant. Sans se tromper.

Je laisse Kim à ses chimères, à ses faux espoirs. À des mois d'attente, de promesses qui ne seront jamais tenues. Le film est écrit d'avance. J'y ai joué à deux reprises.

La première fois, j'avais à peine vingt ans. Lui, le double. Étrangement, j'en étais fière. Un homme plus vieux s'intéressait à moi. Il m'invitait au restaurant ou à l'hôtel, selon ses envies. Il en avait les moyens. Je crois qu'il m'a aimée. Ou du moins qu'il a apprécié ma jeunesse. La douceur de ma peau. Mes seins fermes. Ma manière de marcher, de bouger, de faire l'amour. Sans trop d'expérience, mais avec énergie et la volonté de celle qui veut apprendre.

J'ai été bonne élève pendant deux ans. J'ai reçu un bracelet, une montre, un sac à main. La liste prévisible, qui alors m'étonnait. Il m'a offert des chaussures. Cette fois-là, j'ai été émue. Un homme qui vous offre des chaussures, il vous connaît. Vous les enfilez et elles vous conviennent. Comme un charme. C'est de l'amour. Il a eu la décence de ne pas s'agenouiller, de me laisser faire. De ne pas jouer les princes charmants, d'éviter la déférence. C'est ce que j'espérais.

Après les souliers, il y a eu les voyages, sans sac à dos. Avec de véritables valises, dans de beaux hôtels, ailleurs. Lui aussi allait quitter sa femme. Il m'a demandée en mariage. Secrètement. Tous les deux, je n'invente rien, nous avons pleuré. J'ai porté quelques mois une alliance munie d'un tout petit diamant. Aussi gros que les possibilités qu'on se marie. Mais ça, je l'ignorais.

D'un printemps à un automne, j'ai été fiancée. Réservée, je goûtais ce côté caché de notre engagement. Dans les faits, je ne connaissais rien de lui sauf son goût assuré pour les chaussures, les beaux hôtels et les fleurs.

Celles qu'il m'a fait parvenir, à profusion. La dernière fois, elles étaient particulièrement belles. Un bouquet aussi énorme que le pot que j'allais me prendre, non pas sur la tête, mais en pleine poitrine.

« Ma belle amour, désolé. Ma femme est malade. Je dois être à ses côtés. Tout s'arrête ici. Tu resteras ma petite fiancée. Je t'aime. Pour toujours. »

C'était écrit par une autre main. Plus tard seulement, une fois le choc encaissé, j'ai imaginé la scène. Une fleuriste qui connaît trop bien le manège et qui trace – blasée ou furieuse – les mots. Ils manquent d'imagination. Combien de femmes malades, combien de « Je t'aime pour toujours » avait-elle vu passer ?

Sa femme était si malade qu'il ne pouvait plus prendre de mes nouvelles, ni me rappeler. Mon fiancé avait disparu, le temps d'un bouquet de fleurs. Je n'existais plus pour lui. L'expression n'était pas née à l'époque, mais j'ai été *ghostée*. On m'a quittée sans explication. J'ai été jetée. Lâchement.

Je m'en suis remise rapidement. Je suis ainsi faite. Sans trop comprendre, j'ai réalisé que ce n'était plus de lui que je m'ennuyais, mais de l'inconnu de la gare. Celui qui m'avait tendu mon sac à dos en souhaitant me revoir dans une autre vie…

◆

À cause de mon silence, j'ai culpabilisé. Kim a connu la douleur des fins de semaine, alors qu'on est seule, qu'on brûle d'envie d'être avec l'autre. Celui qui nous assure qu'il s'emmerde avec sa famille. Qui prétexte une course à l'épicerie, juste pour nous appeler. Il nous texte son amour, son envie, sa décision de partir, sa hâte du lundi. Il écrit si bien qu'on finit par le plaindre. Il a tant à supporter. C'est si éprouvant.

Et les semaines filent. Après les vacances d'été, il y a la rentrée scolaire. Impossible de quitter la famille dans un moment si important. Puis l'anniversaire du plus jeune qui serait dévasté, et Noël qui revient si vite.

Kim et son amant se retrouvent à la veille de célébrer un premier anniversaire d'amoureux.

— Tu vas lui poser un ultimatum, ordonne Juliette, un soir de décembre.

Nous sommes là pour célébrer Noël. Et toutes prêtes pour notre traditionnel échange de cadeaux. Des présents usagés dont on ne se sert plus, mais qui font le ravissement d'une autre. Nous arrivons fièrement avec nos cadeaux recyclés, bien emballés. Ça fonctionne pour vrai. Nous faisons l'effort de donner des objets plaisants, pratiques, que nous serions heureuses de recevoir.

L'idée est venue de Lili, qui travaille maintenant sur une émission de décoration. Moins déchirante que son documentaire sur les jeunes qui quittent leur foyer d'accueil, une fois devenus adultes. Elle reçoit

– c'est fou – plein de trucs de cuisine, des bougies, des nappes, même des lampes et de superbes assiettes. Lorsqu'elle nous a proposé l'échange de cadeaux, nous avons acquiescé, sans hésiter une seconde.

Juliette, qui dirige une émission sur la santé, possède une vaste collection de suppléments nutritifs sous forme de barres, de poudres, de comprimés. « Vous allez voir, ça donne tellement d'énergie ! »

Et moi, j'offre des livres. Au fil des ans, j'ai reçu en retour une machine à maïs soufflé un peu rétro, un bidule qui coupe l'ail sans que tes doigts sentent pendant des jours, et un pichet en forme de poisson qui fait glouglou lorsqu'on verse l'eau. Dont je me sers.

◆

Cet échange s'avère beaucoup plus simple que la conversation que j'ai eue, quelques jours plus tôt, avec mes enfants. Une fille de quinze ans maintenant, et un fils de onze ans. Onze ans, je le répète. Qui rêvent tous les deux d'une prochaine manifestation.

— Les enfants, je trouve qu'on est gâtés. À Noël, bien sûr, vous allez recevoir des cadeaux, mais je veux aussi faire un don en votre nom. À l'organisme de votre choix.

Avouez, c'est beau comme idée. Ça appelle le bon, la générosité, l'implication sociale, précoce, mais enrichissante. Nous étions déjà des manifestants expérimentés. À ce souper, j'ai donc posé la question. En toute innocence, espérant une discussion où il serait question de partage, des problèmes qui nous interpellent. Nous touchent. Eh bien non.

— Moi, je veux donner à l'aide pour la Palestine, a répondu mon fils sans hésiter.

— Des dons pour la Palestine ? a crié ma fille. Tu ne sais même pas où c'est !

Il le savait très bien. Comme il connaissait aussi l'intifada et tout le reste que j'ignorais.

— Tu ne penses pas aux gens d'ici ? Aux enfants d'ici qui ont faim, qui ne recevront pas de cadeaux à Noël ? On a manifesté pour eux !

Tous les deux avaient cette intensité que j'appréciais. Sauf ce soir-là. Il était question de faire un don. Un simple don.

— En Palestine, ils ont besoin de nous. Ils sont en territoire occupé depuis...

En territoire occupé ? Mon fils, celui qui a appelé son premier chat « Che » et le second « Mao », s'indignait.

La dispute a éclaté. Pas une petite. Une vraie. Comme leur mère n'a jamais su en faire. (Elle aurait pourtant dû, à certaines occasions...) Autour de la table, leurs visages d'enfants se transformaient. Ça devenait le conflit israélo-palestinien. Celui qui semblait bien loin d'être sur le point de se régler. Et qui durerait des années encore. Ils étaient différents, mes enfants. Ce soir-là, j'ai pleuré devant eux. C'était simple, comme question ! À quelle œuvre je donnais ? C'était Noël bientôt. Je rêvais de paix. Pas de guerre. Surtout autour d'une table de trois. Avec la quatrième chaise. Bien vide.

◆

En ce soir de cadeaux usagés et de célébrations, Juliette juge que c'en est assez. Il y a chez Kim une tristesse. Inaccoutumée. Plus inquiétant encore, elle ne s'est pas indignée du prix des entrées ou du vin. Elle a commandé sans calculer. Ni compter les calories.

— Si c'est vraiment un bon gars et si ça ne va pas avec sa femme, il devrait la laisser. Ce serait plus honnête pour elle, explique Alex.

— Et plus juste pour toi, insiste Lili.

Kim écoute, silencieuse. Elle n'a encore touché ni à sa salade de betteraves et chèvre ni à son verre de vin. Toujours plein.

Son verre de vin toujours plein, me souffle ma conscience.

— Kim ?

Mon ton lui fait comprendre. J'ai remarqué. Deviné.

— Oui. Je suis enceinte.

En termes d'émotions qui ne savent plus quelle direction prendre, c'est réussi. Au début, la surprise, puis de brèves réjouissances. Elle en rêvait, de cet enfant à élever seule, en tribu ou avec un père qui faisait si bien l'amour parmi les boîtes de son camion brun. Devant son manque d'enthousiasme, nous retenons nos épanchements.

— Il le sait ?

— Pas encore.

— Tu vas lui dire ?

— Après les vacances de Noël. Je ne veux pas qu'il s'en fasse trop. Je le connais, il va s'inquiéter pour moi.

— T'es enceinte de combien de mois ?

— Sept semaines…

— Tu sais ce que tu attends ? Ne dis rien, on fait un vœu !

Lili mesure mal les émotions. Elle confond les événements historiques, mais aussi les moments de réjouissance avec ceux où la retenue serait préférable.

— Un, c'est trop tôt pour savoir. Deux, je l'annoncerai au père en premier.

— T'es heureuse ?

— Mélangée.

Nous le sommes toutes. Surtout lorsqu'elle saisit son verre et qu'elle le cale d'un coup. Comme si son vin s'était transformé en eau. Les noces de Cana inversées. Elle repose son verre sur la table. D'un simple regard, elle nous interdit la moindre réprimande.

◆

Un mois plus tard, le camion UPS ne rôdait plus près de la maison de Kim. Apprenant la nouvelle, le livreur de ses amours avait pleuré de joie. Un autre enfant, d'elle en plus, il en rêvait. Le soir, il l'avait textée. À répétition. Il l'aimait follement. Le lendemain matin, il l'aimait toujours follement. Mais ne voulait plus d'un enfant. Pas maintenant. Plus tard, quand il aurait laissé sa femme. Juste après l'anniversaire du plus vieux.

Plus tard, après Pâques, les vacances d'été et la rentrée, avait compris Kim. Elle s'est fait avorter. En secret. Elle a décidé d'attendre un père qui ne la décevrait pas. Ça, elle nous l'a raconté.

Depuis, lorsque je croise un camion UPS arrêté, j'imagine un homme et une femme qui s'ébattent parmi les boîtes.

Depuis, dans un élan de solidarité puéril, chaque fois que l'un d'eux passe sur la route d'une des Gonzelles, celle-ci lui fait un doigt d'honneur.

Discret ou pas, selon son humeur.

Lili pond un œuf

Après la peine de Kim, je m'attendais à ce que notre prochain souper soit consacré à nos rêves, nos envies, notre quotidien. Que nous écartions les amours pour aborder nos sujets de prédilection, sans risques, comme la rénovation de l'appartement de Juliette.

Notre organisatrice avait acheté, à bon prix, la moitié d'un duplex. Quelques coups de pinceau et il serait comme neuf, nous avait-elle annoncé, confiante. Depuis trois ans, elle investissait dans les réparations et les poursuites contre son ancien propriétaire. En soi, son aventure avec son duplex était devenue une télésérie. Si elle continuait à ce rythme, elle se transformerait en téléthon. Nous serions bientôt tentées de faire des dons.

Mais non. Ni les dernières rencontres ni le duplex de Juliette n'ont été à l'ordre du jour.

◆

Nous sommes dans un restaurant mexicain, bruyant, animé, bondé pour un mardi soir. L'ambiance idéale pour oublier les camions bruns au logo doré, les enfants à venir, les infections transmises sexuellement et les factures d'électriciens, de tireurs de joints. Pourtant, notre propriétaire malchanceuse semble épuisée. Elle a failli à la tâche de bien masquer ses cernes. Ils affichent la forme de demi-lunes trop pâles pour son teint.

— Juliette, ça va ?

— Tu travailles trop, je crois.

— Tes rénos t'épuisent. Ça commence à laisser des traces, lance Kim, toujours aussi plaisante.

— Ou t'as passé une superbe nuit...

Rien de ça. En plus de murs à défoncer, ou de je ne sais plus trop quoi à soulever (j'ai perdu le fil des travaux), notre amie, contremaître à ses heures, a la chance d'avoir de nouveaux voisins. À la libido intense. Stridente même. C'est ce qu'elle nous confie. La fille gueule si fort, elle a l'impression que ce n'est pas seulement pour son homme, mais pour tout le quartier. Pour qu'on sache qu'elle est bien baisée.

— Si au moins elle était un peu sympathique. Qu'elle le paraissait, bien baisée. Hyperbête, la fille.

— Ça te réveille vraiment?

— Toutes les nuits. Minimum deux fois par nuit.

— T'exagères, décide Kim.

— Non, pas du tout! Vers minuit en général. Lorsqu'ils se mettent au lit. Et vers quatre heures. Ils ne sautent pas une nuit.

— Dis-toi que c'est comme un coq qui te réveille chaque matin, l'encourage Alex.

— Bien oui, et moi, je supporte. La poule mouillée qui ne dit rien.

C'est là, sans plus attendre, que tout déraille. Grâce à Lili. Mon eau qui dort…

— J'ai déjà pondu un œuf!

On se regarde. On se demande si elle se sent bien, puis nous répétons.

— T'as pondu un œuf?

Oubliant les voisins et les mauvaises nuits de Juliette, elle s'empresse de nous raconter qu'un de ses anciens amoureux, lorsqu'il la pénétrait, parlait de son sexe comme d'un coffre rempli de trésors…

— Un coffre aux trésors?

L'idée me surprend.

— Tu me scies, ne peut s'empêcher de lancer Alex.

— Il était malade, tranche Kim.

— C'est tout sauf sain, conclut Juliette dont nous avons déjà oublié les cernes.

On se retient d'en rire pour ménager la sensibilité de notre amie. Et pour connaître la suite.

— Et ton œuf là-dedans ?

— Un jour, j'ai eu envie de lui faire une surprise. Lui donner vraiment l'impression d'un trésor. J'ai glissé un œuf de jade dans mon sexe.

— Ça me déprime, nous avise Kim.

— C'est tordu. Lili, on ne se fout pas n'importe quoi dans le vagin !

— Un œuf de jade, c'est connu ! C'était pour le surprendre ! Comme un jeu coquin.

— Un jeu coquin ?! Mais c'est quoi, cette expression débile ? crie celle qui semble oublier qu'elle vient de se contenter, pendant près d'une année, d'un camion brun et de boîtes pour ses ébats.

— C'est bon pour l'énergie. Ça augmente les orgasmes, tu sauras.

Avant que l'on bifurque, que l'on se mette à échanger sur les exercices du plancher pelvien en plein restaurant, je demande si l'explorateur-amoureux avait apprécié ses fouilles. Je suggère aussi à Lili de baisser un peu le ton. Nos voisins de table n'ont pas à connaître tous les trésors que recèle son sexe.

— Au début, il a adoré. Il le touchait du bout des doigts.

— Malade, soupire Kim, qui ne s'amuse pas autant que nous.

— Il me trouvait superbe. Je le surprenais. Juste de le satisfaire, d'attendre qu'il découvre mon œuf, j'étais allumée !

— Et après ?

C'est là que ça se corse pour Lili.

— Sans le savoir, je l'ai pris sans fil.

— Sans fil ?

J'ai l'impression de parler d'un téléphone ou d'un réseau internet (ce que j'aurais préféré) plutôt que d'un œuf caché dans le coffre aux trésors de mon amie.

— Oui, il y en a qui sont percés avec un fil pour s'assurer qu'on puisse les enlever facilement, explique Juliette, qui s'y connaîtrait aussi en œufs de jade.

— Le mien n'en avait pas. Il s'est logé bien haut dans mon vagin.

Elle a le don quand même de nous tenir en haleine, l'innocente Lili. L'explorateur s'est donc transformé en spéléologue. Ses recherches se sont alors faites en profondeur. Et elles ont été vaines.

— Il l'enfonçait encore plus. Là, j'ai paniqué solide. Je me suis levée, j'ai ouvert les jambes et je me suis mise à sauter comme une hystérique. En lui criant de m'aider. J'étais nue, je sautais. L'œuf restait coincé.

— T'as fait quoi ?

— J'ai été aux toilettes en pleurant. J'ai essayé de faire pipi, j'ai forcé. Rien. Il me disait de respirer, puis de pousser. Comme pour un accouchement. Imaginez.

Jamais un homme ne m'avait vue à la salle de bain. Et là, j'étais assise sur le bol à pousser de toutes mes forces. Devant lui.

— Et finalement ?

— J'ai sauté. J'ai poussé. J'étais épuisée.

— Puis, c'était un garçon ou une fille ?

Je suis la seule à apprécier mon humour.

— Merde, il est sorti quand, ton œuf !? s'impatiente Kim.

Lili se met à rire. La suite a été plus que gênante.

— J'avais le choix entre appeler Info-Santé et dire : « Bonjour, j'ai un œuf dans le vagin, bien coincé, qu'est-ce que je dois faire ? » ou trouver un moyen par moi-même.

— Tu n'as pas vérifié sur Internet ?

— Oui, tu iras lire les témoignages d'horreur. Juste assez pour paniquer encore plus. Il y en a qui font ça avec des œufs cuits durs. Qui peuvent t'empoisonner...

Sans avis médical, sans recherches poussées, Lili a fait confiance à son instinct. Elle a ouvert son garde-manger. Elle a saisi la bouteille d'huile d'olive, soulevé ses jambes et s'est largement arrosée d'huile. Extra-vierge.

— Deux, trois poussées, pouf ! L'œuf est sorti.

À la conclusion, les deux tables voisines ont cessé de discuter. La fable de l'œuf resterait entre nous. Une quinzaine de personnes, pas plus, ont appris que Lili avait tendu son œuf tout chaud à l'explorateur. Mis fin à la relation quelques semaines plus tard. Le coffre aux trésors n'avait plus rien à offrir.

Et moi, depuis ce soir-là, je n'arrive plus à faire cuire mes œufs dans l'huile d'olive.

L'hélium de tes lèvres

Je sais qu'il n'y a pas que la beauté qui compte. Reste qu'à mes yeux chacune des Gonzelles est belle. À sa manière. Est-ce l'affection, les liens de plus en plus étroits qui se sont tissés entre nous ? La réponse est peut-être là. L'énergie, l'animation de nos rencontres nous rendent le regard plus vif, le sourire facile. Une manière d'être confiantes entre nous. Autour de la table, il m'arrive à l'occasion de me retirer juste un peu et de nous observer. Indulgente. Admirative aussi.

Maintenant que c'est dit, je peux me permettre la suite. À tour de rôle, nous avons connu des ratés. Une mauvaise couleur de cheveux – mauve, rose ou orange, nous avons tout testé. Des vêtements qui ne nous allaient pas et, dans mon cas, un toupet manifestement trop court qui a mis des lustres à repousser. Malgré les années qui ne nous oubliaient pas, je pensais que nous nous épargnerions le Botox, les injections. Je suis l'aînée du groupe et je refuse – du moins pour le moment – d'envisager cette pratique. Les autres Gonzelles débarquent dans la trentaine ou approchent à peine de la quarantaine. Je croyais que nous étions à l'abri. Il a fallu que l'une de nous se laisse tenter.

Si Alex rêvait que ce soit subtil, si son médecin ou l'assistante de celui-ci lui avait promis que ça ne se verrait pas ou si peu, elle a été naïve. Et je suis convaincue qu'elle l'a été, sinon elle aurait annulé le souper. Elle ne se serait pas présentée avec une telle insouciance. Parce qu'en plus c'est visiblement tout frais, ce travail.

— T'as l'air super en forme, croit bon de mentir Lili, que j'appelle « ma poulette » depuis que je sais qu'elle a pondu un œuf.

— Tu trouves ? Je dors tellement bien. Les fleurs de Bach, c'est génial.

— C'est quoi ça ?

— Deux petits jets sous la langue et ça détend. Tu t'endors comme un enfant.

Nous l'observons toutes, question de déceler un éventuel malaise, le début d'un aveu. C'est vrai qu'elle n'a pas commis de crime. Elle pourrait nous l'annoncer fièrement : « Tadam ! J'ai osé, j'en ai eu envie. Je suis libre de faire ce que je veux avec mon corps et mon visage ! Regardez le contour de ma bouche, je n'ai plus les quatre ridules qui m'empoisonnaient la vie ! C'est lisse. Mes lèvres, je les voulais pulpeuses. Gonflées. J'ai peut-être abusé, mais ça va se replacer rapidement… » (Nous sommes quatre à le lui souhaiter.)

Mais non, elle joue l'innocence. Ça devient embêtant, parce que si nous ne disons rien, nous aurons l'air de mentir, d'être malhonnêtes. Et si nous osons remarquer, ce sera inévitablement blessant. Car même sous l'éclairage tamisé du restaurant, nous mesurons l'ampleur des dégâts.

— Ça va se replacer, t'es certaine ?

Kim, l'imbattable qui ne peut taire la vérité que lorsqu'il s'agit de ses seins, crève le silence.

— De quoi tu parles ?

— L'hélium de tes lèvres. T'as des pierres dans tes poches ? Sinon tu risques de t'envoler.

Alex semble vraiment surprise. Insultée.

— Kim, je ne saisis pas.

Elle nous intime de cesser immédiatement, sinon elle se fâche.

— On s'en fout. Injections, pas injections. On y passera toutes un jour ou l'autre. C'est là, disponible. Si ça fait du bien, pourquoi on refuserait ? Toutes les vedettes avec qui je travaille se font faire quelque chose. C'est la règle maintenant, nous distrait Juliette.

Subitement, l'attention se dirige vers moi.

— Toi, tu n'as rien fait encore ?

Comme si c'était étonnant. Comme si celle qui fait l'amour plutôt que de baiser, qui a toujours ses règles malgré son vieil âge devrait réfléchir à ces grands travaux de réfection. Entreprendre le chantier.

— Non, rien encore. Juste du laser pour mes taches. Pour le reste, je résiste. Je ne sais pas jusqu'à quand, mais je tiens le coup. Merci, les filles, de votre intérêt.

Je ne me froisse pas. En ce moment, je me soucie surtout du visage d'Alex, qui se transforme sous mes yeux. Trop occupées à évaluer ce qu'elles se feraient combler, enlever, si elles étaient à ma place, les filles ignorent la lèvre supérieure d'Alex. Elle prend encore plus d'expansion. Comme si elle l'avait soufflée à l'hélium.

— Alex, tu fais une réaction allergique, je crois.

Les autres filles se taisent. Remarquent, comme moi, l'immense bulle qui vient d'apparaître.

— Alex, appelle ton médecin.

— Quoi ? Qu'est-che que vous dites ?

Autour de la table, on oublie les *liftings* sans chirurgie, les lasers 4D qui font des miracles. On s'inquiète.

— Ton médecin, celui qui t'a fait tes injections, tu dois l'appeler ! Tu fais une réaction ! s'emporte Kim.

— Je n'ai rien rechu, merde. Qu'est-che que ch'ai ?!

Ça ne va pas du tout. Juliette, qui garde son sang-froid en toutes circonstances, ordonne à Lili d'appeler

Info-Santé. Si elle ne l'a pas fait pour son œuf coincé, cette fois, elle n'hésite pas.

— Mais je dis quoi ?! panique-t-elle.

— Ce qui se passe !

Je verse mon verre d'eau dans une serviette de table. J'en fais une compresse que j'applique sans hésiter sur la lèvre d'Alex, qui s'alarme.

— Ch'ai peur. Vous me faites peur ! qu'elle lâche.

Juliette, notre bottin ambulant, tente de joindre un ami médecin. Elle a plein de contacts. Pas seulement en télévision ou en cinéma. Elle pourrait être concierge dans un grand hôtel. À son tour, la lèvre inférieure d'Alex se met de la partie. Elle gonfle aussi. À vue d'œil. Je n'exagère pas.

— Oublie l'eau, il faut mettre de la glace ! m'avise Kim, effarée comme nous toutes.

Dans un réflexe que je suis la seule à noter, elle vient d'attacher un bouton de son chemisier.

— Tu t'es fait piquer par une guêpe, t'as mangé quelque chose de nouveau ?

Les yeux épouvantés, Alex fait signe que non. Ou peut-être que oui, son hochement de tête prête à confusion.

— Mais parle, Alex ! crie Kim.

Le pire reste à venir. La voilà qui commence à souffler. C'est la frayeur ou les allergies, on s'en fout. Et là, à cinq, nous perdons le contrôle. Nous hurlons en demandant s'il y a un médecin. Deux, quatre, six personnes s'approchent par curiosité. Zéro médecin à l'horizon. Kim, qui a retrouvé la moitié de son sang-froid, éloigne les gens qui veulent poser leur diagnostic maison. Elle monte le ton, encore. Alex a le regard affolé. La lèvre sur le point d'éclater.

Lili nous fait signe de nous taire. Elle n'entend rien au bout du fil. Tout se déroule en accéléré et au ralenti à la fois. Les gens des tables avoisinantes oublient leurs plats. Nous demandent si ça va. Non, ça ne va pas.

Le jeune serveur, dérouté, est allé chercher le chef. Il arrive en courant, quelques comprimés à la main.

— Je peux vous en donner ? C'est contre les allergies.

Alex fait signe que oui. Elle n'arrive pas à avaler les deux comprimés qu'il lui tend. Juliette, dont l'ami médecin n'était pas disponible – « Il va me rappeler, c'est utile ! » –, ne perd pas une seconde. D'une main assurée, elle ouvre la bouche d'Alex, lui fourre littéralement les deux comprimés dans le fond de la gorge avec de l'eau.

— Avale !

— Mais tu veux la tuer !! pleure Lili.

— Oui, je veux la tuer. T'as tout compris ! Alex, avale !

Le chef, qui tient maintenant Alex dans ses bras, m'apparaît démuni. Inquiet de la suite des choses. Et des échanges dont il est témoin.

Deux ou trois minutes flottent dans l'espace. Je ne compte plus. J'observe, détachée de la réalité. Puis, la survivante retrouve lentement son souffle et ses esprits. Elle se remet du choc, de la panique. Elle peut respirer.

Ç'aurait été parfait si la scène avait coupé court. Le générique sur Alex, sauvée, dans les bras d'un chef gentil. Entourée de ses amies qui, après s'être engueulées, s'embrassent, soulagées. Ç'aurait été parfait si les sirènes ne s'étaient pas fait entendre. Lili avait appelé le 911. Les premiers répondants débarquent dans le restaurant trop petit pour leur équipement. Des pompiers, avec tout leur attirail. Même si ce n'est ni le lieu, encore moins le moment, le premier en ligne, le meneur, a de quoi vous rendre accro aux appels d'urgence.

Oui, ç'aurait été parfait si Alex, le visage bouffi, les lèvres encore sur le point d'éclater, n'avait pas reconnu l'homme qui se dirigeait vers elle.

— Alex !?

À la seconde, elle agit comme je l'aurais fait. Elle porte sa serviette de table à sa bouche pour la camoufler. Ce n'est pas sa serviette de table, mais un coin de nappe. Les verres se frappent. Ce qu'il restait d'eau et le vin se mélangent.

— Che ne veut plus chamais te revoir, elle chuinte.

— T'as besoin d'aide, dit le pompier.

— Tu n'exchichtes plus, arrive-t-elle à sortir entre ses ballons d'hélium.

— Tu peux respirer ? Ça va ?

— Chors d'ichi. Chalaud.

Elle nous a relaté ses aventures, ses conquêtes. Après trois petites rencontres, contre toute attente, contrairement à ses habitudes, celui-là l'avait amèrement déçue. Au lit, ils avaient connu une telle connexion, une telle chimie que ça ne pouvait pas mentir.

— J'ai couché avec plein d'hommes dans ma vie. Celui-là, c'est une exception.

Notre chasseresse s'était gourée. Le pompier était l'exception pour notre amie. Aux yeux du sauveteur, Alex n'était qu'une conquête parmi tant d'autres. Sans mépris. Sans offense. Il ne lui avait rien promis. Il occupait ses moments libres. Manque de délicatesse ou de mémoire, il l'avait aussi appelée par le nom d'une autre au moment précis où il jouissait.

— En plein orgasme ! qu'elle s'était indignée.

Nous avions eu un long débat sur ce lapsus. Sur l'importance à y accorder.

Les opinions divergeaient. Juliette et moi étions d'avis que ce n'était pas dramatique. Ça m'était arrivé, même follement amoureuse, de laisser échapper le nom du père de mes enfants. J'avais été avec lui pendant treize ans. C'était sorti comme ça. Un automatisme qui n'enlevait rien à ce que je ressentais pour l'homme avec qui j'étais. Puis tout le monde a droit à l'erreur. Même dans les moments les plus intimes.

Pour Kim, une fois, ça passait. Elle n'avait aucune statistique, aucune donnée précise sur le sujet. Mais son amant UPS lui avait, à elle aussi, déjà soufflé le nom d'une autre. Sa femme. Elle avait cru à la sincérité de son amoureux, qui était désolé.

— Il ne faut pas être trop rigide. On peut se tromper, avait conclu celle que la déception amoureuse avait rendue plus tolérante.

Ce soir, Alex peut être assurée d'une chose. Nous sommes plusieurs à en être témoins. Il l'a appelée par son prénom. Ç'a d'ailleurs été son premier mot. Et il a semblé inquiet. Pas dégoûté pour un sou.

— Alech, il a bien dit ton nom, j'insiste pour la faire sourire.

L'ordre est revenu dans le restaurant. Ses lèvres retrouvent peu à peu leur format normal. Nous faisons le point.

Un : elle n'a pas reçu d'injection. Elle n'aurait eu aucune gêne à nous le dire. Deux : son pompier semble être une bonne personne. On peut se tromper de prénom, ça ne veut rien dire.

— Ça va, t'es sûre ? Tu nous aimes toujours ? s'inquiète Lili, qui n'est pas revenue de la main de Juliette enfonçant les comprimés dans la gorge de notre miraculée.

Bien sûr qu'elle nous aime. Nous aussi. Son pompier qui lui a un peu brisé le cœur, nous votons pour lui. À l'unanimité. Notre survivante n'a qu'une envie : aller le rejoindre. Dès che choir.

— Cha paraît encore, mes lèvres ?

— Juste un peu, ment Juliette.

— C'est sensuel, renchérit Kim.

Et c'est aussi la plus amusante de nos traditionnelles photos.

La (crisse de) photo !

Outre l'absence de gars et d'enfants, et l'obligation de se trouver un nom de groupe pas toujours des plus inspirés, les soupers de filles comptent une autre règle. Du moins chez les Gonzelles. Une rencontre ne se termine pas sans une, deux ou trois photos de groupe. Celles qui permettent à chacune d'entre nous d'en garder le précieux souvenir ou encore de les partager sur les réseaux sociaux. Et là, bonjour l'égoïsme. On choisit, chacune de notre côté, celle où nous apparaissons à notre avantage. En nous souciant zéro de ce que les autres filles affichent comme allure. Charité bien ordonnée commence par soi-même. Orgueil aussi.

Je suis certaine que l'exercice s'avère nettement plus simple dans d'autres soupers. Notre groupe étant formé de filles qui travaillent en télévision, en publicité, qui ont l'œil critique – ou la critique facile –, la séance photo prolonge invariablement la soirée. Pas de cinq ou dix minutes, ce serait trop simple. Ça l'étire de manière significative.

Alex, camérawoman talentueuse, connaît bien la lumière, les angles qu'il faut prendre. Alors, une fois l'addition réglée, avant de nous embrasser, nous partons dans la ville à la recherche de la bonne lumière. Celle des boutiques qui – si on leur fait face – nous donnera un peu de teint. Celle du lampadaire qui – si on recule toujours plus, si on finit en pleine rue sous les directives de notre photographe qui ne lésine pas sur les dangers à affronter – nous illuminera correctement.

Avec son assurance peu commune, elle a même demandé, un soir, à un motard, un vrai, d'allumer le phare de son engin pour mieux nous éclairer. C'était trop puissant. « Il faudrait reculer un peu. » Merde, elle abusait. Mais le faux dur au blouson de cuir s'est exécuté. Il a déplacé sa moto, tourné le phare dans la direction que lui indiquait notre Annie Leibovitz préférée. Et il a attendu. Patiemment. Aux premières loges d'un autre grand moment offert par les Gonzelles.

Oui, nos soupers se terminent toujours par l'ultime quête. Même l'hiver, à moins vingt degrés Celsius, grelottantes, nous aspirons à l'éclairage idéal. À une photo irréprochable. Malgré le froid, les plaintes de Lili, les yeux qui coulent, les cheveux déplacés par le vent.

Lorsque tout est en place, que nous sommes prêtes, Alex court vers nous, et c'est le *selfie* officiel de la soirée. Puis le deuxième, et le troisième. Jusqu'à ce que nous regardions le résultat, et que nous décidions d'y aller pour un quatrième, puis un autre...

— C'est à mon tour maintenant. Prends mon appareil !

— Je vais t'envoyer les miennes.

— Tu oublies toujours, ou je les reçois deux jours plus tard.

— Quoi ?

— Je veux les partager en arrivant ! Allez, on est placées. Dix secondes de plus...

Et ça recommence. Avec les mêmes poses. La bouche ouverte d'étonnement pour l'une, l'attitude rebelle de l'autre, la poitrine de Kim fièrement tendue puis les épaules redressées, le cou tiré et la langue contre le palais pour Alex. Une astuce apprise d'une actrice connue.

Moi, j'ai toujours le toupet sur les yeux, la tête penchée vers l'avant et un sourire où je fais sécher mes dents. À moitié sincère. Il valse entre la gaieté de la soirée et les exigences de cette photo.

Oui, la (crisse de) photo.

Celle qui nous rappellera la rupture de l'une, le fou rire collectif, les lèvres d'Alex, combien nous avons changé, vieilli. Et surtout, des moments heureux. Juste un peu compliqués…

Aimer. Beaucoup

En l'espace de quelques lunes, tout s'est bousculé. Ou a basculé, pour le mieux. Certaines d'entre nous, sans éclats, doucement, ont trouvé un amoureux. Au travail et grâce à Tinder. Ce qui nous faisait rire puisque nous avions le souvenir d'un souper « Réseau Contact », d'une lointaine période : celles qui n'étaient pas déjà inscrites l'avaient fait. Il nous avait fallu beaucoup d'attention, de discussions pour créer un profil d'usager, mentir avec une certaine finesse, choisir nos plus belles photos. Et il y avait eu tout ce travail consacré à se trouver chacune un surnom d'utilisatrice…

Si les Gonzelles n'est pas un nom de groupe génial, imaginez ce qu'on a pu trouver ce soir-là.

— Lili, ça peut passer comme surnom ?

— Non, ça te prend quelque chose qui frappe l'imaginaire, avait jugé Kim.

— Marilyn M., ça te dirait ?

— On va la prendre pour une escorte de cinquante ans. Sur le déclin.

Je m'étais abstenue de souligner que la cinquantaine s'annonçait comme une prochaine étape pour moi. Et n'était ni une tare ni une maladie.

— Mais c'est pas si compliqué ! avait lancé Alex, fière membre du site de rencontres.

En plus de nous trouver des noms et des loisirs attirants, nous avions échangé durant une partie de la soirée avec des hommes que nous ne connaissions pas. Certains d'entre eux avaient eu la surprise d'atteindre des records de popularité en quelques heures. De voir apparaître, en l'espace de trente minutes, cinq demandes de contact de filles vraiment très intéressées.

Tout ça semble si loin. Il y a eu, chez les Gonzelles, des groupes de rencontres sportives avec des zélés qui proposaient de venir aux rendez-vous en courant ou de se réveiller les fins de semaine à cinq heures pour une journée à vélo. Pas de sexe la veille, pour être *top shape.*

— Chaque fois qu'il me prévenait, mes dents grinçaient toutes seules, se rappelait Alex, elle-même au sommet de sa forme.

Ce qui ne l'empêchait pas d'apprécier les bons restaurants, le vin et le sexe spontané. Pas celui qui s'insère de justesse entre deux entraînements. Alors que son amant est *top shape.*

Puis, une bénédiction pour deux d'entre nous : Tinder est apparu. Tout a changé.

Un homme bon, intelligent a séduit Juliette. Il en a fait une femme assumée, comblée. Qui ne portera jamais ses enfants. Comme elle, il ne rêve pas d'une grande tribu. Ni même d'un seul héritier.

Un pompier qui ne se trompe plus de prénom a transformé Alex en amoureuse à temps plein. Et en maman à temps partiel. Il a deux enfants. Notre survivante voyage toujours en portant sa caméra trop lourde. Mais elle ne porte plus de rouge sur ses lèvres. Ce soir de grande panique où nous avions cru la perdre, elle avait voulu camoufler sa fatigue. Elle avait abusé du cache-cernes et donné à sa bouche un éclat d'un rouge vif. Deux semaines plus tard, elle décorait encore sa bouche, pour être belle à un rendez-vous. Avec son pompier. Ç'avait été la deuxième fois qu'il l'avait vue ainsi. Les lèvres gonflées à l'hélium. Elle a compris la provenance de son allergie. Elle a jeté ce poison pour elle et conservé son amoureux.

Kim se remet doucement de sa peine de cœur. Elle sursaute toujours légèrement en croisant un camion marron. Et elle nous tient le compte bien précis de ses rares conquêtes, sans lendemain. Thérapeutiques.

Nous partageons nos projets, nos rêves, nos amours, puis un regard plus indulgent envers nous.

Alex n'évoque plus son double menton. Juliette nous a préparé des pâtes au saumon fumé, comme une provocation. Elle y a même ajouté de la crème, sans que personne s'indigne. Kim a délaissé son application qui calcule les calories. Elle compte moins ce qu'elle ingère. Et dans la vie en général. Au restaurant, elle laisse de véritables pourboires et oublie le gouvernement et ses taxes.

Au même moment, en parallèle avec Tinder qui ne lui convenait pas, Lili a rencontré un homme, taillé sur mesure pour elle.

— Il me regarde comme si j'étais la plus belle.

— Et toi, il te plaît ? Il n'y a pas que le regard de l'autre sur toi qui compte. C'est dangereux, a prévenu Juliette – et Kim... et Alex.

— C'est vrai, Lili, il faut te méfier de toi. Pas de lui. T'es en amour avec l'amour ? Avec celui qu'il te porte ? Ou avec lui ?

— Mais vous êtes impossibles !

Elle a haussé le ton. Je ne peux pas lui en vouloir. Partager ton coup de cœur, souhaiter que tout le monde se réjouisse autour de toi, c'est la moindre des choses. Surtout de la part de tes amies qui t'ont vue des années durant ne rien trouver à la hauteur de tes espoirs. Mais notre Lili, notre défenseure de la veuve, de l'orphelin, de tous les démunis de la planète et même de la truie, nous voulons la protéger. Rien de malicieux.

— Bien, réponds-nous, a tranché Kim. Tu l'aimes ou pas ? Un peu ? Beaucoup ? Follement ?

— Je l'aime beaucoup.

Beaucoup. Ç'a jeté comme un froid. Aimer beaucoup, ce n'est pas aimer. Nous le savons toutes. On s'est tues. La franchise n'est pas toujours de mise. Elle peut blesser. Est-ce qu'on devait passer sous silence ce qui nous semblait un aveu ? Il y avait ce désir de dire la vérité pour la protéger vraiment. J'allais tâter ce terrain miné. Marcher tout doucement. Je suis la plus habile du groupe en la matière.

— Si je te disais que j'aime *beaucoup* mon amoureux, qu'est-ce que t'en penserais ?

— Mais c'est quoi cette façon de jouer avec les mots !

De toute évidence, je n'y étais pas allée assez subtilement. J'ai expliqué que le « beaucoup » en amour m'apparaissait comme un diminutif. Il enlève du poids à ce sentiment puissant. J'ai ajouté que le verbe aimer se suffit pleinement. Toute addition est superflue. Pire, inquiétante.

Nous avons eu tort de nous tourmenter. De nous attarder à ce mot. Lili est amoureuse. Beaucoup. D'un homme qui lui a fait comprendre qu'il n'irait jamais lui porter des bouquets de roses sur sa tombe si elle devait partir avant lui. Il avait vu un documentaire sur la cueillette des roses. S'était indigné à la vue de jeunes femmes aux mains ensanglantées qui en arrachaient les épines. « Tu n'en voudrais pas », avait-il déclaré. Elle avait été touchée par sa sensibilité. Et oublié celle de Kim, des années plus tôt.

Moi, je porte toujours des petites culottes à taille haute. Des Marilyn Monroe. (Juré.) Et mon ventre est devenu un merveilleux objet de désir.

Un 31 décembre au soir, en attendant un taxi qui tardait à venir, je m'étais promis d'arrêter d'avoir peur. De replonger. De me laisser surprendre. Il m'aura fallu de la patience, mais ça fonctionne. Et ça ne jette pas de froid. C'est plutôt chaud. Ils sont deux à aimer ce ventre qui a porté ce qu'il y a de plus beau. Deux à aimer tout le reste, aussi. Sans rénovations à l'horizon. L'autre soir, j'ai même fait l'amour comme à vingt ans. Sous un viaduc. Contre un mur et ses graffitis.

Mais ça, ce sont d'autres histoires...

Restez à l'affût des titres à paraître chez Libre Expression en suivant Groupe Librex :
Facebook.com/groupelibrex
edlibreexpression.com

Cet ouvrage a été composé en Warnock Pro 11,5/16
et achevé d'imprimer en avril 2018 sur les presses
de Marquis imprimeur, Québec, Canada.

100 % post-consommation

procédé sans chlore

garant des forêts intactes[MC]

énergie biogaz

archives permanentes

Imprimé sur du papier 100 % postconsommation,
accrédité Éco-Logo, traité sans chlore, garant des forêts intactes
et fait à partir de biogaz.